Camino De Perfección

OBRAS DE PIO BAROJA

Vidas sombrías.
Idilios vascos.
El tablado de Arlequín.
Nuevo tablado de Arlequín.
Juventud, egolatría.
Idilios y fantasías.
Las horas solitarias.
Momentum Catastrophicum.
La Caverna del Humorismo.

LAS TRILOGÍAS

TIERRA VASCA

La casa de Aizgorri.
El Mayorazgo de Labraz.
Zalacaín, el aventurero.

LA VIDA FANTÁSTICA

Camino de perfección.
Aventuras, inventos y mixtificaciones' de Silvestre Paradox.
Paradox, rey.

LA RAZA

La dama errante.
La ciudad de la niebla.
El árbol de la ciencia.

LA LUCHA POR LA VIDA

La busca.
Mala hierba.
Aurora roja.

EL PASADO

La feria de los discretos.
Los últimos románticos.
Las tragedias grotescas.

LAS CIUDADES

César o nada.
El mundo es ansí.

EL MAR

Las inquietudes de Shanti Andía.

MEMORIAS DE UN HOMBRE DE ACCIÓN

El aprendiz de conspirador.
El escuadrón del Brigante.
Los caminos del mundo.
Con la pluma y con el sable.
Los recursos de la astucia.
La ruta del aventurero.
La veleta de Gastizar.
Los caudillos de 1830.
La Isabelina.

PÍO BAROJA

Camino de perfección

(PASIÓN MÍSTICA)

NOVELA

RAFAEL CARO RAGGIO
EDITOR
VENTURA RODRÍGUEZ, 18
MADRID

Establecimiento tipográfico
de Rafael Caro Raggio.

ENTRE los compañeros que estudiaron medicina conmigo, ninguno tan extraño y digno de observación como Fernando Ossoric. Era un muchacho alto, moreno, silencioso, de ojos intranquilos y expresión melancólica. Entre los condiscípulos, algunos aseguraban que Ossorio tenía talento; otros, en cambio, decían que era uno de esos estudiantes pobretones que, a fuerza de fuerzas, pueden ir aprobando cursos.

Fernando hablaba muy poco, sabía con frecuencia las lecciones, faltaba en ciertos períodos del curso a las clases y parecía no darle mucha importancia a la carrera.

Un día vi a Ossorio en la sala de disección, que quitaba cuidadosamente un escapulario al cadáver de una vieja, que después envolvía el trapo en un papel y lo guardaba en la caja de los bisturís.

Le pregunté para qué hacía aquello y me dijo que coleccionaba todos los escapularios, medallas, cintas o amuletos que traían los cadáveres al Depósito.

Desde entonces intimamos algo y hablábamos de

pintura, arte que él cultivaba como aficionado. Me decía que a Velázquez le consideraba como demasiado perfecto para entusiasmarle; Murillo le parecía antipático; los pintores que le encantaban eran los españoles anteriores a Velázquez, como Pantoja de la Cruz, Sánchez Coello y, sobre todo, el Greco.

A pesar de sus opiniones, que a mí me parecían excelentes, no podía comprender que un muchacho que andaba a todas horas con Santana, el condiscípulo más torpe y más negado de la clase, pudiera tener algún talento. Después, cuando en el curso de Patología general comenzamos a ir a la clínica, veía siempre a Ossorio, sin hacer caso de las explicaciones del profesor, mirando con curiosidad a los enfermos, haciendo dibujos y croquis en su álbum. Dibujaba figuras locas, estiradas unas, achaparradas las otras; tan pronto grotescas y risibles como llenas de espíritu y de vida.

—Están muy bien —le decía yo contemplando las figuras de su álbum—, pero no se parecen a los originales.

—Eso ¿qué importa? —replicaba él—. Lo natural es sencillamente estúpido. El arte no debe ser nunca natural.

—El arte debe de ser la representación de la Naturaleza, matizada al reflejarse en un temperamento —decía yo, que estaba entonces entusiasmado con las ideas de Zola.

—No. El arte es la misma Naturaleza. Dios murmura en la cascada y canta en el poeta. Los sentimientos refinados son tan reales como los toscos, pero aquéllos son menos torpes. Por eso hay que buscar algo agudo, algo finamente torturado.

—Con esas ideas —le dije una vez—, ¿cómo puede usted resistir a ese idiota de Santana, que es tan estúpidamente natural?

—¡Oh! Es un tipo muy interesante —contestó, sonriendo—. A mí, la verdad, la gente que me conoce me estima; él, no: siente un desprecio tan profundo por mí, que me obliga a respetarle.

Un día, en una de esas conversaciones largas en que se vuelca el fondo de los pensamientos y se vacía espiritualmente una conciencia, le hablé de lo poco clara que resultaba su persona; de cómo en algunos días me parecía un necio, un completo badulaque, y otros, en cambio, me asombraba y le creía un hombre de grandísimo talento.

—Sí —murmuró Ossorio, vagamente—. Hay algo de eso; es que soy un histérico, un degenerado.

—¡Bah!

—Como lo oye usted. De niño fuí de esas criaturas que asombran a todo el mundo por su precocidad. A los ocho años dibujaba y tocaba el piano; la gente celebraba mis disposiciones; había quien aseguraba que sería yo una eminencia; todos se hacían lenguas de mi talento menos mis padres, que no me querían. No es cosa de recordar historias tristes, ¿verdad? Mi nodriza, la pobre, a quien quería más que a mi madre, se asustaba cuando yo hablaba. Por una de esas cuestiones tristes, que decía, dejé a los diez años la casa de mis padres y me llevaron a la de mi abuelo, un buen señor, baldado, que vivía gracias a la solicitud de una vieja criada; sus hijos, mi madre y sus dos hermanas, no se ocupaban del pobre viejo absolutamente para nada. Mi abuelo era un volteriano convencido, de esos que creen que la religión es una mala farsa; mi nodriza, fanática como nadie; yo me encontraba combatido por la incredulidad del uno y la superstición de la otra. A los doce años mi nodriza me llevó a confesar. Sentía yo por dentro una verdadera repugnancia por aquel acto, pero fuí, y, en vez de parecerme desagradable, se me antojó dulce, grato, como una brisa fresca de verano. Durante algunos meses tuve una exaltación religiosa grande; luego, poco a poco, las palabras de mi abuelo fueron haciendo mella en mí, tanto que, cuando a los catorce o quince años me llevaron a comulgar, protesté varias veces. Primero, yo no quería llevar lazo en la manga; después dije que todo aquello de comulgarse era una majadería y una farsa, y que en una cosa que va al estómago y se disuelve allí no puede estar Dios, ni nadie. Mi abuelo sonreia al oírme hablar; mi madre, que aquel día estaba en casa de su padre, no se enteró de nada; mi nodriza, en cambio, se indignó tanto que casi reprendió a mi abuelo porque me imbuía ideas antirreligiosas. Él la contestó riéndose. Poco tiempo después, al ir a concluír yo el bachillerato, mi abuelo murió, y la presencia de la muerte y algo doloroso que averigüé en mi familia me turbaron el alma de tal modo que me hice torpe, huraño, y mis brillantes facultades desaparecieron, sobre todo mi portentosa memoria. Yo, por dentro, comprendía que empezaba a ver las cosas claras, que hasta entonces no había sido mas que un badulaque; pero los amigos de casa decían: —Este chico se ha entontecido—. Mi madre, a quien indudablemente estorbaba en su casa y que no quería tenerme a su lado, me envió a que concluyese el grado de bachiller a Yécora, un lugarón de la Mancha, clerical, triste y antipático. Pasé en aquella ciudad levítica tres años, dos en un colegio de escolapios y uno en casa del administrador de unas fincas nuestras, y allí me hice vicioso, canalla, mal intencionado; adquirí todas estas gracias que adornan a la gente de sotana y a la que se trata íntimamente con ella. Volví a Madrid cuando murió mi padre; a los diez y ocho años me puse a estudiar, y yo, que antes había sido casi un prodigio, no he llegado a ser después ni siquiera un mediano estudiante. Total: que gracias a mi educación han hecho de mí un degenerado.

—¿Y piensa usted ejercer la carrera cuando la concluya? —le pregunté yo.

—No, no. Al principio me gustaba; ahora me repugna extraordinariamente. Además, me considero a mí mismo como un menor de edad, ¿sabe usted?; algún resorte se ha roto en mi vida.

Ossorio me dió una profunda lástima.

Al año siguiente no estudió ya con nosotros, no le volví a ver y supuse que habría ido a estudiar a otra Universidad; pero un día le encontré y me dijo que había abandonado la carrera, que se dedicaba a a la pintura definitivamente. Aquel día nos hablamos de tú, no sé por qué.

II

En la Exposición de Bellas Artes, años después, vi un cuadro de Ossorio colocado en las salas del piso de arriba, donde estaba reunido lo peor de todo, lo peor en concepto del Jurado.

El cuadro representaba una habitación pobre con

un sofá verde, y encima un retrato al óleo. En el
sofá, sentados, dos muchachos altos, pálidos, elegantemente vestidos de negro, y una joven de quince o diez y seis años; de pie, sobre el hombro del
hermano mayor, apoyaba el brazo una niña de falda
corta, también vestida de negro. Por la ventana,
abierta, se veían los tejados de un pueblo industrial,
el cielo cruzado por alambres y cables gruesos y el
humo de las chimeneas de cien fábricas que iba subiendo lentamente en el aire. El cuadro se llamaba
Horas de silencio. Estaba pintado con desigualdad;
pero había en todo él una atmósfera de sufrimiento
contenido, una angustia, algo tan vagamente doloroso, que afligía el alma.

Aquellos jóvenes enlutados, en el cuarto abandonado y triste, frente a la vida y al trabajo de una gran
capital, daban miedo. En las caras alargadas, pálí-
das y aristocráticas de los cuatro se adivinaba una
existencia de refinamiento, se comprendía que en el
cuarto había pasado algo muy doloroso; quizá el
epílogo triste de una vida. Se adivinaba en lontanan-
za una terrible catástrofe; aquella gran capital, con
sus chimeneas, era el monstruo que había de tragar
a los hermanos abandonados.

Contemplaba yo absorto el cuadro, cuando se presentó Ossorio delante de mí. Tenía aspecto de viejo;
se había dejado la barba; en su rostro se notaban
huellas de cansancio y demacración.

—Oye, tú; esto es muy hermoso —le dije.

—Eso creo yo también; pero aquí lo han metido
en este rincón y nadie se ocupa de mi cuadro. Esta
gente no entiende nada de nada. No han comprend-
dido a Rusiñol, ni a Zuluaga, ni a Regoyos; a mí,
que no sé pintar como ellos, pero que tengo un

ideal de arte más grande, me tienen que comprender menos.

—¡Bah! ¿Crees tú que no comprenden? Lo que hacen es no sentir, no simpatizar.

—Es lo mismo.

—¿Y qué ideal es ese tuyo tan grande?

—¡Qué sé yo! Se habla siempre con énfasis y exagera uno sin querer. No me creas; yo no tengo ideal ninguno, ¿sabes? Lo que sí creo es que el arte, eso que nosotros llamamos así con cierta veneración, no es conjunto de reglas, ni nada; sino que es la vida: el espíritu de las cosas reflejado en el espíritu del hombre. Lo demás, eso de la técnica y el estudio, todo eso es m...

—Ya se ve, ya. Has pintado el cuadro de memoria, ¿eh?, sin modelos.

—¡Claro! Así se debe pintar. ¿Que no se recuerda, lo que me pasa a mí, los colores? Pues no se pinta.

—En fin, que todas tus teorías han traído tu cuadro a este rincón.

—¡Pchs! No me importa. Yo quería que alguno de esos críticos imbéciles de los periódicos, porque mira que son brutos, se hubieran ocupado de mi cuadro, con la idea romántica de que una mujer que me gusta supiera que yo soy hombre capaz de pintar cuadros. ¡Una necedad! Ya ves tú, a las mujeres qué les importará que un hombre tenga talento o no.

—Habrá algunas...

—¡Ca! Todas son imbéciles. ¿Vámonos? A mí esta Exposición me pone enfermo.

—Vamos.

Salimos del Palacio de Bellas Artes. Nos detuvimos a contemplar la puesta del sol, desde uno de los desmontes cercanos.

El cielo estaba puro, limpio, azul, transparente. A lo lejos, por detrás de una fila de altos chopos del Hipódromo, se ocultaba el sol, echando sus últimos resplandores anaranjados sobre las copas verdes de los árboles, sobre los cerros próximos, desnudos, arenosos, a los que daba un color cobrizo y de oro pálido.

La sierra se destacaba como una mancha azul violácea, suave, en la faja de horizonte cercana al suelo, que era de una amarillez de ópalo; y sobre aquella ancha lista opalina, en aquel fondo de místico retablo, se perfilaban claramente, como en los cuadros de los viejos y concienzudos maestros, la silueta recortada de una torre, de una chimenea, de un árbol. Hacia la ciudad, el humo de unas fábricas manchaba el cielo azul, infinito, inmaculado...

Al ocultarse el sol se hizo más violácea la muralla de la sierra; aun iluminaban los últimos rayos un pico lejano del poniente, y las demás montañas quedaban envueltas en una bruma rosada y espléndida, de carmín y de oro, que parecía arrancada de alguna apoteosis del Ticiano.

Sopló un ligero vientecillo; el pueblo, los cerros, quedaron de un color gris y de un tono frío; el cielo se obscureció.

Oíase desde arriba, desde donde estábamos, la cadencia rítmica del ruido de los coches que pasaban por la Castellana, el zumbido de los tranvías eléctricos al deslizarse por los railes. Un rebaño de cabras cruzó por delante del Hipódromo; resonaban las esquilas dulcemente.

—¡Condenada Naturaleza! —murmuró Ossorio—.
¡Es siempre hermosa!

Bajamos a la Castellana, comenzamos a caminar
hacia Madrid. Fernando tomó el tema de antes y
siguió:

—Esto no creas que me ha molestado; lo que me
molesta es que me encuentro hueco, ¿sabes? Siento
la vida completamente vacía: me acuesto tarde, me
levanto tarde, y al levantarme ya estoy cansado;
como que me tiendo en un sillón y espero la hora
de cenar y de acostarme.

—¿Por qué no te casas?

—¿Para qué?

—¡Toma! ¿Qué sé yo? Para tener una mujer a tu
lado.

—He tenido una muchacha hasta hace unos días
en mi casa.

—Y ¿ya no la tienes?

—No; se fué con un amigo que le ha alquilado
una casa elegante y la lleva por las noches a Apolo.
Los dos me saludan y me hablan; ninguno de ellos
cree que ha obrado mal conmigo. Es raro, ¿verdad?
Si vieras; está mi casa tan triste...

—Trabaja más.

—Chico, no puedo. Estoy tan cansado, tan cansado...

—Haz voluntad, hombre. Reacciona.

—Imposible. Tengo la inercia en los tuétanos.

—¿Pero es que te ha pasado alguna cosa nueva;
has tenido desengaños o penas últimamente?

—No; si, fuera de mis inquietudes de chico, mi
vida se ha deslizado con relativa placidez. Pero tengo
el pensamiento amargo. ¿De qué proviene esto? No
lo sé. Yo creo que es cuestión de herencia.

—¡Bah! Te escuchas demasiado.

Mi amigo no contestó.

Volvíamos andando por la Castellana hacia Madrid. El centro del paseo estaba repleto de coches; los veíamos cruzar por entre los troncos negros de los árboles; era una procesión interminable de caballos blancos, negros, rojizos, que piafaban impacientes; de coches charolados con ruedas rojas y amarillas, apretados en cuatro o cinco hileras, que no se interrumpían; de cocheros y lacayos sentados en los pescantes con una tiesura de muñecos de madera. Dentro de los carruajes, señoras con trajes blancos en posturas perezosas de sultanas indolentes, niñas llenas de lazos con vestidos llamativos, jóvenes *sportmen* vestidos a la inglesa y caballeros ancianos, mostrando la pechera resaltante de blancura.

Por los lados, a pie, paseaba gente atildada, esa gente de una elegancia enfermiza que constituye la burguesía madrileña pobre. Todo aquel conjunto de personas y de coches parecía moverse, dirigido por una batuta invisible.

Avanzamos Fernando Ossorio y yo hasta el Obelisco de Colón, volvimos sobre nuestros pasos, llegamos al Obelisco, y desde allá, definitivamente, nos dirigimos hacia el centro de Madrid.

El cielo estaba azul, de un azul líquido: parecía un inmenso lago sereno, en cuyas aguas se reflejaran tímidamente algunas estrellas.

La vuelta de los coches de la Castellana tenía algo de afeminamiento espiritual de un paisaje de Watteau.

Sobre la tierra, entre las dos cortinas de follaje formadas por los árboles macizos de hojas, nadaba la niebla tenue, nacida del vaho caluroso de la tarde.

—Sí; la influencia histérica —dijo Ossorio al cabo de unos minutos, cuando yo creí que había olvidado ya el tema desagradable de su conversación—; la influencia histérica se marca con facilidad en mi familia. La hermana de mi padre, loca; un primo, suicida; un hermano de mi madre, imbécil, en un manicomio; un tío, alcoholizado. Es tremendo, tremendo.

—Luego, cambiando de conversación, añadió—: El otro día estuve en un baile en casa de unos amigos, y me sentí molesto porque nadie se ocupaba de mí, y me marché en seguida. Estas mujeres —y señaló unas muchachas que pasaron riendo y hablando alto a nuestro lado— no nos quieren. Somos tristes, ya somos viejos también...; si no lo somos, lo parecemos.

—¡Qué le vamos a hacer! —le dije yo—. Unos nacen para buhos, otros para canarios. Nosotros somos buhos o cornejas. No debemos intentar cantar. Quizá tengamos también nuestro fin.

—¡Ah! ¡Si yo supiera para qué sirvo! Porque yo quisiera hacer algo, ¿sabes?; pero no sé qué.

—La literatura quizá te gustaría.

—No; es poco plástico eso.

—Y la medicina, ¿por qué no la sigues?

—Me repugna ese elemento de humanidad sucio con el que hay que luchar: la vieja que tiene la matriz podrida, el señor gordo que pesca indigestiones..., eso es asqueroso. Yo quisiera tener un trabajo espiritual y manual al mismo tiempo; así como ser escultor y tratar con esas cosas tan limpias como la madera y la piedra, y tener que decorar una gran iglesia y pasarme la vida haciendo

2

estatuas, animales fantásticos, canecillos monstruosos y bichos raros; pero haciéndolo todo a puñetazos, ¿eh?... Sí, un trabajo manual me convendría.

—Si no te cansabas.

—Es muy probable. Perdóname, me marcho. Voy detrás de aquella mujer vestida de negro... ¿Sabes? Ese entusiasmo es mi única esperanza.

Habíamos llegado a la plaza de la Cibeles; Ossorio se deslizó por entre la gente y se perdió.

La conversación me dejó pensativo. Veía la calle de Alcalá iluminada con sus focos eléctricos, que nadaban en una penumbra luminosa. En el cielo, enfrente, muy a lo lejos, sobre una claridad cobriza del horizonte, se destacaba la silueta aguda de un campanario. Veíanse por la ancha calle en cuesta correr y deslizarse los tranvías eléctricos con sus brillantes reflectores y sus farolillos de color; trazaban ziszás las luces de los coches, que parecían los ojos llenos de guiños de pequeños y maliciosos monstruos; el cielo, de un azul negro, iba estrellándose. Volvía la gente a pie por las dos aceras, como un rebaño obscuro, apelotonándose, subiendo hacia el centro de la ciudad. Del jardín del Ministerio de la Guerra y de los árboles de Recoletos llegaba un perfume penetrante de las acacias en flor; un aroma de languideces y deseos.

Daba aquel anochecer la impresión de la fatiga, del aniquilamiento de un pueblo que se preparaba para los placeres de la noche, después de las perezas del día.

III

Días más tarde, al llegar Fernando a su casa se encontró con una invitación para ir a una *kermesse* que se celebraba en el Jardín del Buen Retiro.

Se dirigió hacia allá pensando si la invitación sería de aquella mujer que tanto le preocupaba. Daban las doce de la noche cuando llegó.

Era verano, hacía un calor sofocante. El jardín estaba espléndido: mujeres hermosas vestidas de blanco, ojos brillantes, gasas, cintas, joyas llenas de reflejos, pecheras impecables de los caballeros, uniformes negros, azules y rojos, roces de faldas de seda, risas, murmullos de conversaciones...

En la obscuridad, entre el negruzco follaje verde lustroso, brillaban focos eléctricos y farolillos de papel. Los puestos, adornados con percalinas de colores nacionales y banderolas, también amarillas y encarnadas, estaban llenos de cachivaches colocados en los estantes. Una fila de señoritas en pie, sofocadas, rojas, sacaban papeletas de unas urnas y se las daban a los elegantes caballeros, que iban dejando al mismo tiempo monedas y billetes en una bandeja.

Otras señoronas elegantes iban con *carnets* vendiendo números para una rifa. A seguida de los puestos había una rifa, un diorama y una horchatería, servida por jóvenes de la alta crema madrileña.

Y en el paseo, mientras la música tocaba en el quiosco central, se agrupaba la gente y se oía más fuerte el crujir de las faldas de seda, carcajadas y risas contenidas; voces agudas de las muchachas elegantes que hablaban con una rapidez vertiginosa, risas claras y argentinas de las señoras, voces gangosas y veladas de las viejas. Brillaban los ojos de las mujeres alumbrados con un fulgor de misterio; en los corros había conversaciones a media voz, que no tenían más atractivo e incitante que el ser vehículo de deseos no expresados; una atmósfera de sensualidad y de perfumes voluptuosos llenaba el aire.

Y en la noche, templada, parecía que aquellos deseos estallaban como los capullos de una flor al abrirse; los cohetes subían en el aire, detonaban y caían deshechos en chispas azules y rojas, que a veces quedaban inmóviles en el aire brillando como estrellas...

Estaba también la mujer de luto hablando con un húsar. Ossorio la contempló desde lejos.

Era para él aquella mujer, delgada, enfermiza, ojerosa, una fantasía cerebral e imaginativa, que le ocasionaba dolores ficticios y placeres sin realidad. No la deseaba, no sentía por ella el instinto natural del macho por la hembra; la consideraba demasiado metafísica, demasiado espiritual; y ella, la pobre muchacha, enferma y triste, ansiosa de vida, de juventud, de calor, quería que él la desease, que él la amara con furor de sexo, y coqueteaba con uno y otro para arrancar a Fernando de su apatía; y, al ver lo inútil de sus infantiles maquinaciones, tenía una mirada de tristeza desoladora, una mirada de entregarse a la ruina de su cuerpo, de sus ilusiones, de su alma, de todo...

Aquella noche la muchacha de luto hallábase transformada. Hablaba con calor, estaba con las mejillas rojas y la mirada brillante; a veces dirigía la vista hacia donde estaba Fernando.

Ossorio experimentó una gran tristeza, mezcla de celos y de dolor.

Se dispuso a salir, y pasó sin fijarse al lado de su prima.

—No, pues ahora no te vas, golfo —le dijo ella.

—¡Sabes que estás hoy la mar de guapa!

—¿Sí?

—¡Vaya! Como no se ve bien, ¿comprendes?...

—Hombre, ¡qué fino! A ver. ¿Te sientas? ¿Vas a tomar algunas papeletas?

—Espera. No me puedo decidir así como así. Hay que saber las ventajas que tiene una cosa y otra.

—¡Viene la Reina! —dijo una de las que estaban con la prima de Ossorio.

Con la noticia se conmovió el grupo de horchateras, y Fernando, aprovechándose de la conmoción, se escabulló.

Venía la Reina con sus hijos por entre dos filas de gente que la saludaban al pasar con grandes reverencias.

Las mujeres encontraban gallardo a Caserta, al príncipe consorte, a quien miraban con curiosidad.

Fernando, al separarse de María Flora, se dispuso a salir.

Iba a hacerlo, cuando la señorita de luto, que iba paseando con sus amigas, se le acercó y le dijo con voz suave y algo opaca:

—¿Quiere usted papeletas para la rifa de la Reina?

—No, señora —contestó él brutalmente.

Salió de los Jardines. En la puerta esperaban

grupos de lacayos y un gran semicírculo de coches con los faroles encendidos.

—Es extraño —murmuró Ossorio—. Yo no estaba antes enamorado de esta mujer; hoy he sentido, más que amor, ira, al verla con otro. Mis entusiasmos son como mis constipados: empiezan por la cabeza, siguen en el pecho y, después... se marchan. Esta muchacha era para mí algo musical y hoy ha tomado carne. Y por dentro veo que no la quiero, que no he querido nunca a nadie; quizá si estuve enamorado alguna vez fué cuando era chico. Sí; cuando tenía diez o doce años.

Recordaba en la vecindad de casa de su abuelo una muchacha de pelo rojizo y ojos ribeteados, a la cual no se atrevía a mirar, y que a veces soñaba con ella. Luego, ya de estudiante, esperaba a que pasara una modista por el mismo camino que llevaba él para ir al Instituto, y al cruzarse con ella le temblaban las piernas.

Mientras traía a la imaginación estos recuerdos lejanos, caminaba por Recoletos, obscuro, lleno de sombras misteriosas. Al verle pasar tan elegante, con la pechera blanca, que resaltaba en la obscuridad, las busconas le detenían; él las rechazaba y seguía andando velozmente, movido por el ritmo de su pensamiento, que marchaba con rapidez y sin cadencia.

Al llegar a la calle de Génova tomó por ella; siguió luego por el paseo de Santa Engracia, y a la izquierda entró por una callejuela, se detuvo frente a una casa alta, abrió la puerta y fué subiendo la escalera, sin hacer ruido. Entró en el estudio, encendió una vela, se desnudó y se sentó en la cama.

Se sentía allí un aire de amarga desolación: los

bocetos, antes clavados en las paredes pintadas de azul, estaban tirados en el suelo, arrollados; la mesa llena de trastos y de polvo, los libros deshechos, amontonados en un armario.

—¡Cómo está esto! —murmuró—. ¡Qué sucio! ¡Qué triste! Apagaré la luz, aunque sé que no voy a dormir.

Puso un libro encima de la vela, la apagó, y se tendió en la cama.

IV

No conocía Fernando al hermano de su abuelo. No le había visto mas que de niño alguna vez, y si no le hubiese escrito su tía Laura diciéndole que el tío había muerto y que se presentara en la casa, Fernando no se hubiera ocupado para nada de un pariente a quien no conocía. Aunque murmurando y de mala gana, Ossorio fué por la tarde a casa del hermano de su abuelo, a un caserón de la calle del Sacramento. Llegó a la casa y le hicieron pasar inmediatamente a un gabinete. Se habían reunido allí los notables de la familia. Acababa el juez de abrir y leer el testamento del anciano señor y todos los parientes bufaban de rabia; una de las partes más saneadas de la fortuna se les marchaba de entre las manos e iba a parar a la hija de una querida del viejo. El marqués, cuñado de Luisa Fernanda, se había sentado en el sofá, y su abultado abdomen, en forma puntiaguda, le bajaba entre las dos piernecillas de enano; vestía chaleco blanco y corbata también blanca; llevaba a sus labios húmedos con sus dedos gordos y amorcillados un cigarro puro y escuchaba los distintos pareceres, aprobándolos o desaprobándolos. Su hermano dormitaba en una butaca, y un primo de ambos, que parecía un pez por su cara, se paseaba de un lado a otro, apoyándose en el respaldo de las sillas.

—Hay que solucionar el conflicto —decía a cada momento. Parecía que le había tomado gusto a la palabra solucionar.

Estaban, además de éstos, un militar, también pariente de Fernando, y dos chicos altos, jóvenes, vestidos de negro, hijos del marqués: uno, el menor, serio y grave; el otro, movedizo y alegre. En medio de todos ellos se hallaba el administrador del tío abuelo, hombre triste, de barba negra y hablar meloso, por el cual en aquel momento sentían todos los parientes extraordinario cariño. Después de ver que gran parte de la fortuna se llevaba la niña de la pelandusca se trataba de salvar de la ruina un almacén de aceites que había puesto el tío para dar salida al de sus olivares andaluces, y una casa de préstamos. Pero aparecía que el almacén, que estaba a nombre del administrador, tenía deudas. ¡Pero si no se comprendían aquellas deudas!

El administrador dijo que se había vendido mucho más aceite de lo que daban los olivares del señor y se había recurrido a otros cosecheros.

—¿De manera que eso podría ser un buen negocio? —preguntó el marqués.

—Sí; llevándolo bien es un gran negocio.

—El marqués miró al administrador fijamente.

—¿Pero qué hacía el tío con ese dinero? —murmuró el hombre-pez.

El administrador sonrió discretamente y torció la cabeza con resignación.

El odio se acentuó en contra de Nini, de la grandísima pelandusca que arruinaba a la familia.

El marqués dijo que aquellas manifestaciones eran extemporáneas. La cuestión estaba en poner a flote el aceite y quedarse libre de las deudas.

Se trataba de esto, aunque parecía que se hablaba de otra cosa.

—Un procedimiento sencillo —dijo el primo de la cara de pez, con su voz afeminada —es vender el género, figurar falsos acreedores y declararse en quiebra. Luego se ponía la casa a nombre de otro, y ya estaba hecho todo.

El marqués no aprobó por el pronto la idea de su pariente y estudió la cara del administrador, el cual manifestó que él no podía prestar su nombre a una combinación de aquella clase. El pez comentó la desaprobación. Otra opinión era ir a los principales acreedores, prometerles a ellos sólo el pago y declararse en quiebra.

Fernando, al que no le interesaba aquello, salió del despacho, y tras de él salieron los hijos del marqués.

—¿Dónde está el muerto? —preguntó Ossorio.

—Ahí, en ese gabinete —le dijo el primo—. Pero no vayas a verle. Está completamente en descomposición.

—¿Sí, eh?

—Uf.

Fernando apenas conocía a sus primos, pero le parecieron alegres y desenvueltos.

—Y vosotros, ¿le conocéis a ella? —le preguntó.

—¿A quién, a Nini? Sí, hombre.

—¿Y qué tal es?

—Más bonita que el mundo —contestó el más joven—. Y no creas, que le quería al tío. La última vez que les vi juntos fué en Romea. Estaban los dos en un palco; yo estaba en otro con una amiga... Bailaba la bella Martínez, y cuando terminó de bailar, Nini, que es amiga de la Martínez, la echó al escenario un ramillete de flores.

—¿Y sabe ella que se ha muerto el tío?

—Sí, ¡ah! ¿Pero no te han dicho lo que ha ocurrido?

—No.

—Pues que ha mandado una corona de flores naturales, y estaba puesta en el cuarto, cuando se enteran que es de ella, y se indignan todas las señoras, y va papá y dice que aquel atrevimiento no se puede soportar, y coge la corona y la echa a un cuarto obscuro. Ya le he dicho yo a papá cuatro cosas para que no vuelva a hacer tonterías.

—¿Vamos a dar una vuelta? —preguntó uno de ellos—. El coche de mamá debe estar abajo. Volveremos al anochecer.

—Vamos. ¿Se lo decimos a mamá?

—¿Para qué? Está muy entretenida.

Efectivamente, en el salón en donde estaban las señoras se oía una conversación muy animada y un murmullo de voces que subía y bajaba de intensidad.

Fueron los tres a la calle, entraron en el coche y se dirigieron a la Castellana. Los dos jóvenes comentaban, riéndose, la avaricia de su papá.

Pasaron en un coche una señorita y una señora. Los dos primos de Fernando las saludaron.

—¿Quiénes son? —preguntó Fernando.

—Lulú Cortunay y su madre.

—Es bonita.

—Preciosa.

—Esta chica no se casará —dijo el más serio de los hermanos.

—¿Por qué? ¿Porque no tiene capital?

—No... si lo debe tener... pero mordido.

—¿Mordido? —preguntó Fernando, extrañado.

—Sí; mordido por un condesito, amigo suyo.

El otro hermano comenzó a reírse al oír aquello.

—¡Admirable, chico, admirable!

—Pasaron las hijas de un general y su madre, en un landó grande y destartalado.

Hubo nuevos saludos y nuevas sonrisas.

—Son feas.

—Y cursis.

—Ahora viene la condesa y sus hijas.

Pasaron; se descubrieron los dos primos de Fernando, y éste hizo lo mismo; una de las muchachas saludó con risa irónica, levantando el brazo por encima de la cabeza con la mano abierta.

—¿A éstas las conocerás? —preguntó el menos serio de los primos a Fernando.

—Sí; creo que las conozco de vista.

—¡Pero si son populares! A esta muchacha la conoce ya todo Madrid. En el teatro habla alto, se suena fuerte, se ríe a carcajadas, lleva el compás con el abanico y se hace señas con los amigos.

—¡Demonio! Pues es una mujer extraña.

—¡Vaya, y de talento! ¡Suele dar unas tabarras a los jovencitos que la hacen la rosca!

Y el primo contó algunas anécdotas.

Una vez estaban reunidos en su casa la madre,

que debe ser una mujer de éstas que tienen furor
sexual, y algunos amigos. La madre tenía un amigo
íntimo, joven. Se oye sonar el timbre del teléfono.
Se acerca la muchacha. Pregunta que quién llama,
y al oír que es el amigo de su madre, le dice:
—«¡Mamá!—«¿Que quién es?» —responde la vieja—. «¿Tu héroe!»

Otra vez le salió mal la broma, porque se encontró en los pasillos del Real a la de Ortiz de Estúñiga,
y le dijo:

—Oye, ¿has visto a mi marido? Se ha marchado
del palco y no sé dónde anda.

—Pues, échale los mansos —le replicó ésta.

—Hija, ¿está tu padre ahí?

Y las anécdotas llovían.

Tenía ya la chica fama, y todas las historias des-
vergonzadas se las atribuían a ella, como antes las
anécdotas grotescas a un señor riquísimo.

—Lo que es ésa, cuando se case, va a eclipsar a su
madre —terminó diciendo, como conclusión, el pollo.

—¡Bah! Según —murmuró el más serio—. Yo no
creo que esta chica tenga la lubricidad de su madre. Indudablemente en ella hay un instinto de perversidad, pero de perversidad moral. Es más; es
posible que esta manera de ser nazca de un romanticismo fracasado al vivir en un ambiente imposible
para la satisfacción de sus deseos. Yo no sé, pero
no creo en la maldad ni en el vicio de los que son-
ríen con ironía.

—Te advierto, Fernando, que éste es un filósofo.

—No; veo nada más y observo. Fijaos. Vuelven
otra vez. Mirad la madre. Es seria, tranquila; de
soltera sería soñadora. La hija sigue riendo, riendo
con su risa irónica y sus ojos brillantes. Hay algo

de romanticismo en esa risa burlona, que niega, que
parece que ridiculiza.

—Habrá todo lo que quieras, pero yo no me casaría con ella.

—Eso no quiere decir nada. ¿Vamos a casa?

Volvieron. El primo, más alegre y jovial, inclinándose al oído de. Fernando, iba mostrando y nom-
brándole al mismo tiempo la gente que pasaba en
coche. Aristócratas viejos con aspecto humilde y
encogido, nobles de nuevo cuño estirados y petulan-
tes, senadores, diputados, bolsistas. Todos, en sus
coches, que se apretaban en las filas del paseo, sintiendo el placer de verse, de saludarse, de espiarse,
casi todos aguijoneados por las tristezas de la envi-
dia y las sordideces de una vida superficialmente
fastuosa e íntimamente miserable y pobre.

Y seguían las historias, que no terminaban nunca, y los apodos que trascendían a romanticismo
trasnochado: La Bestia Hermosa, la Judía Verde, la
Preciosa Ridícula, el Lirio del Valle, y seguían las
murmuraciones. A una muchacha no le gustaban los
chicos; tres jovencitos que iban en un coche eran
los *liones* que cambiaban las queridas, las mujeres
más elegantes y hermosas de Madrid.

—Esta sociedad aristocrática —dijo sentenciosa-
mente el primo filósofo— está muy bien organizada.
Es la única que tiene buen sentido y buen gusto.
Los maridos andan golfeando con una y otra, de acá
para allá, de casa de Lucía a casa de Mercedes, y
de ésta a casa de Marta. Las pobrecitas de las mujeres se quedan abandonadas, y se las ve vacilar durante mucho tiempo y pasear con los ojos tristes.
Hasta que un día se deciden, y hacen bien, toman
un queridito, y a vivir alegremente.

Al entrar en la calle Mayor, los dos primos saludaban a dos muchachas y a una señora que pasaron en un coche.

—El padre de éstas —dijo el primo filósofo— es un católico furibundo. Es de los que van a los jubileos con cirio; en cambio, las chicas andan de teatrucho en teatrucho, escotadas, riéndose y charlando con sus amigos. Es una sociedad muy amable esta madrileña.

—Ya te habrás fijado en el aspecto místico que tiene la mayor de las hermanas —dijo el primo jovial—. Dicen que tiene ese aspecto tan espiritual desde que se acostaba con un obispo.

Llegaron a la calle del Sacramento y subieron a casa.

En el despacho se seguía hablando de la cuestión del aceite; en la sala se comentaban en voz baja los escándalos de la Nini; los criados andaban alborotados por si les despedían o no de la casa, y mientras tanto, el tío abuelo, solo, bien solo, sin que nadie le molestara con gritos ni lamentos, ni otras tonterías por el estilo, se pudría tranquilamente en su ataúd, y de su cara gruesa, carnosa, abultada, no se veía a través del cristal mas que una mezcla de sangre rojiza y negra, y en las narices y en la boca, algunos puntos blancos de pus.

V

Cuando Fernando Ossorio se encontró instalado en la nueva casa de la calle del Sacramento, comprendió que debía haber llegado a un extremo de debilidad muy grande. Precisamente entonces la herencia de su tío abuelo le daba medios para vivir con cierta independencia; pero como no tenía deseos, ni voluntad, ni fuerzas para nada, se dejó llevar por la corriente. No entraba en la decisión de sus tías de llevarle a vivir con ellas ningún móvil interesado. Luisa Fernanda le tenía cariño a su sobrino, y al mismo tiempo pensaba que cuatro mujeres solas en una casa no tenían la autoridad que podría tener un hombre. Antes, Fernando tuvo una conferencia con su tía Laura, y desde entonces ya no se volvió a hablar del matrimonio de María Flora con Fernando.

Las tías, que fueron a ocupar el segundo piso de la casa del señor difunto, destinaron para su sobrino dos cuartos grandes, una sala con dos balcones que daban a la calle del Sacramento y una alcoba con ventanas a un jardín de la vecindad. La sala, que había estado cerrada durante mucho tiempo, tenía un aspecto marchito que agradaba a Fernando. Era grande y de techo bajo, lo que le hacía parecer de más tamaño; estaba tapizada con papel amarillo claro, con dibujos geométricos en las paredes y cubierta en el techo con papel blanco.

Un zócalo de madera de limoncillo corría alrededor del cuarto.

Los balcones, altos y anchos, rasgados en la gruesa pared, no se abrían en toda su altura, sino sólo en la parte de abajo: los cristales eran pequeños y sujetos por gruesos listones pintados de blanco.

Una sillería vieja de terciopelo amarillo formada por sillas curvas, un sofá y dos sillones ajados adordaban la sala. En las paredes y en el suelo había un amontonamiento de muebles, cuadros y cachivaches; un piano viejo con las teclas amarillentas, dos o tres cornucopias, una consola de mármol que sostenía dos relojes ennegrecidos de metal dorado, un pupitre de porcelana y una poltrona vieja cubierta de tela dorada con dibujos negros.

En esta poltrona pasaba Ossorio las horas muertas, contemplando las rajaduras del techo, que parecían las líneas que representan los ríos en los mapas, y las manchas redondeadas, rojizas, que dejaban las moscas.

En las paredes no había sitio libre donde poner la punta de un alfiler: estaban llenas de cuadros, de apuntes, de fotografías de iglesias, de grabados y de medallas. Había reunido allí los mejores cuadros de la casa, antes colocados en los sitios más obscuros.

Desde los balcones se veía un montón de tejados parduscos, grises. Por encima de ellos, enfrente, la iglesia de San Andrés, la única quizá agradable de Madrid; más lejos, a la derecha, se destacaba la parte superior de la cúpula gris de San Francisco el Grande; y cerca, a un lado, la torre de Santa María de la Almudena.

Reinaba en la sala un gran silencio. De cuando en

cuando se oía el timbre de los tranvías de la calle Mayor y las campanas de la iglesia próxima.

La alcoba, cuyas ventanas daban a un jardín de la vecindad, tenía una cama de madera, grande, baja, con cortinas verdes, un armario y un gran sillón.

Abajo, desde las ventanas, se veía un jardín con un estanque redondo en medio, adornado con macetas.

El cambio de medio moral influyó en Ossorio grandemente; dejó sus amistades de bohemio, y se reunió con una caterva de señoritos de buena sociedad, viciosos, pero correctos siempre; comenzó a presentarse en la Castellana y en Recoletos, en coche, y en los palcos de los teatros, elegantemente vestido, acompañando señoras.

Era una vida desconocida para Fernando, que tenía atractivos.

Toda la gente distinguida se ve por la mañana, por la tarde y por la noche. El gran entretenimiento de ellos no es presenciar óperas, dramas, pasear, andar en coche o bailar; la satisfacción es verse todos los días, saber lo que hacen, descubrir por el aspecto de una familia su encumbramiento o su ruina, estudiarse, espiarse, observarse unos a otros. Pero esto, que mientras lo fué conociendo pareció interesantísimo a Fernando, ya conocido no lo encontró nada digno de observación.

La prima de Ossorio tenía relaciones con un chico artillero, de buena familia, pero pobre, con el que se pasaba la vida hablando desde el balcón y mirándose en los teatros; Octavio, el primo, estaba en un colegio de Francia; la familia parecía encontrarse en un buen período de calma y de tranquilidad.

Una noche, Fernando, que solía quedarse con mucha frecuencia en casa y empezaba a abandonar su vida elegante, oyó a través del tabique vagos murmullos apenas perceptibles. Separaba su cuarto del de Laura otro cuarto intermedio. Encendió la luz y vió que, oculta por las cortinas de su cama, había una ventana condenada. De día abrió la ventana condenada que daba a un cuarto, lleno de armarios y de cajas, que casi siempre estaba cerrado.

. A la noche siguiente abrió de par en par el montante y escuchó: oyó la voz de la tía Laura y la de su doncella, y luego, gritos, risas, estallido de besos; después, lamentos, súplicas, gritos voluptuosos...

Laura tenía de treinta a treinta y cinco años. Era morena, de ojos algo claros, el pelo muy negro, la nariz gruesa, los labios abultados; la voz fuerte, hombruna, que a veces se hacía opaca, como en sus hermanas; gangueaba algo, por haberse educado en un colegio de monjas de París, una sucursal de Lesbos, en donde se rendía culto a la *joie imparfaite*. Los andares de Laura eran decididos, de marimacho; vestía con mucha frecuencia trajes que las mujeres llaman de sastre, y sus enaguas se ceñían estrechamente a la carne.

Cuando se ponía a reñir, su voz era molesta de tal modo, que se sentía odio por ella, sin más razón que la voz. Tenía en su aspecto algo indefinido, neutro, parecía una mujer muy poco femenina y, sin embargo, había en ella una atracción sexual grande. A veces su palabra sonaba a algo afrodisíaco, y su movimiento de caderas, hombruno por lo violento, era ásperamente sexual, excitante como la cantárida.

Algunas noches se quedaba Fernando en casa.

Luisa Fernanda y Laura se sentaban en el comedor al lado del fuego.

Luisa Fernanda, hundida en la poltrona, miraba las llamas. Ella y su hermana no hablaban mas que del tiempo y de lo que sucedía en casa.

Flora se aburría, leía o dormía de rabia.

Sonaba lentamente el reloj de caja del pasillo.

Cuando se acercaba la hora de irse a acostar, las dos hermanas mayores llamaban primero a la cocinera y se discutia la comida del día siguiente.

Luisa Fernanda preguntaba a todos lo que querían para comer.

Luego venían una serie de recomendaciones largas.

Muchas veces María Flora y Fernando se quedaban en el comedor charlando a los lados de la chimenea.

VI

Por entonces ya Fernando comenzaba a tener ciertas ideas ascéticas.

Sentía desprecio por la gimnasia y el atletismo.

La limpieza le parecía bien, con tal de que no ocasionase cuidados.

Tenía la idea del cristiano, de que el cuerpo es una porquería, en la que no hay que pensar.

Todas esas fricciones y flagelaciones de origen

pagano le parecían repugnantes. Ver un atleta en un circo, le producía una repulsión invencible.

El ideal de su vida era un paisaje intelectual, frío, limpio, puro, siempre cristalino, con una claridad blanca, sin un sol bestial; la mujer soñada era una mujer algo rígida, de nervios de acero; energía de domadora y con la menor cantidad de carne, de pecho, de grasa, de estúpida brutalidad y atontamiento sexuales.

Una noche de Carnaval en que Fernando llegó a casa a la madrugada, se encontró con su tía Laura, que estaba haciendo té para Luisa Fernanda, que se hallaba enferma.

Fernando se sentía aquella noche brutal; tenía el cerebro turbado por los vapores del vino.

Laura era una mujer incitante, y en aquella hora aún más.

Estaba despechugada; por entre la abertura de su bata se veía su pecho blanco, pequeño y poco abultado, con una vena azul que lo cruzaba; en el cuello tenía una cinta roja con un lazo.

Fernando se sentó junto a ella sin decir una palabra; vió cómo hacía todos los preparativos, calentaba el agua, apartaba después la lamparilla del alcohol, vertía el líquido en una taza e iba después hacia el cuarto de su hermana con el plato en una mano mientras que con la otra movía la cucharilla, que repiqueteaba con un tintineo alegre en la taza.

Fernando esperó a que volviera, entontecido, con la cara inyectada por el deseo. Tardó Laura en volver.

—¿Todavía estás aquí? —le preguntó a su sobrino.

—Sí.

—Pero, ¿qué quieres?

—¿Qué quiero? —murmuró Fernando sordamente, y acercándose a ella tiró de la bata de una manera convulsiva y besó a Laura en el pecho con labios que ardían.

Laura palideció profundamente y rechazó a Ossorio con un ademán de desprecio. Luego pareció consentir; Fernando la agarró del talle y la hizo pasar a su cuarto.

La luz eléctrica estaba allí encendida; había fuego en la chimenea. Al llegar allí él se sentó en un sofá y miró estúpidamente a Laura; ella, de pie, le contempló; de pronto, abalanzándose sobre él, le echó los brazos al cuello y le besó en la boca; fué un beso largo, agudo, doloroso. Al retroceder ella, Fernando trató de sujetarla, primero del talle, después agarrándola de las manos. Laura se desasió, y tranquilamente, despacio, rechazándole con un gesto violento cuando él quería acercarse, fué dejando la ropa en el suelo y apareció sobre el montón de telas blancas su cuerpo desnudo, alto, esbelto, moreno, iluminado por la luz del techo y por las llamaradas rojas de la chimenea.

La cinta que rodeaba su cuello parecía una línea de sangre que separaba su cabeza del tronco. Fernando la cogió en sus brazos y la estrechó convulsivamente, y sintió en la cara, en los párpados, en el cuello los labios de Laura, y oyó su voz áspera y opaca por el deseo.

A media noche, Ossorio se despertó; vió que Laura se levantaba y salía del cuarto como una sombra blanca. Al poco rato volvió.

—¿Adónde has ido? Te vas a enfriar —le dijo.

—A ver a Luisa. Hace frío —y apelotonándose se enlazó a Fernando estrechamente.

Y así en los demás días. Como las fieras que hu-
yen a la obscuridad de los bosques a satisfacer su
deseo, así volvieron a encontrarse mudos, temblo-
rosos, poseídos de un erotismo bestial nunca satisfecho, quizá sintiendo el uno por el otro más odio
que amor. A veces, en el cuerpo de uno de los dos
quedaban huellas de golpes, de arañazos, de mor-
discos. Fernando fué el primero que se cansó. Sentía que su cerebro se deshacía, se liquidaba. Laura
no se saciaba nunca: aquella mujer tenía el furor de
la lujuria en todo su cuerpo.

Su piel estaba siempre ardiente, los labios secos;
en sus ojos se notaba algo como requemado. A Fernando le parecía una serpiente de fuego que le había envuelto entre sus anillos y que cada vez le es-
trujaba más y más, y él iba ahogándose y sentía
que le faltaba el aire para respirar. Laura le excitaba con sus conversaciones sensuales. De ella se
desprendía una voluptuosidad tal, que era imposible
permanecer tranquilo a su lado.

Cuando con sus palabras no llegaba a enloquecer
a Fernando, ponía sobre su hombro un gato de
Angora blanco, muy manso, que tenían, y allí lo acariciaba como si fuera un niño: ¡Pobrecito!, ¡pobrecito!, y sus palabras tenían entonaciones tan brutalmente lujuriosas, que a Fernando le hacían perder
la cabeza y lloraba de rabia y de furor. Laura quería gozar de todas estas locuras y salían y se daban
cita en una casa de la calle de San Marcos. Era una
casa estrecha, con dos balcones en cada piso; en
uno del principal había una muestra que ponía:
«Sastre y modista», y sostenidos en los hierros de
los balcones, abrazados por un anillo, tiestos con
plantas. En el piso bajo había un obrador de plan-

cha. Fernando solía esperar a Laura en la calle. Ella llegaba en coche, llamaba en el piso principal; una mujer barbiana, gorda, que venía sin corsé, con un peinador blanco y en chanclas, le abría la puerta y le hacía pasar a un gabinete amueblado con un diván, una mesa, varias sillas y un espejo grande, frente al diván.

Todo aquello le entretenía admirablemente a Laura; leía los letreros que se habían escrito en la pared y en el espejo.

Algunas veces, buscando la sensación más intensa, iban a alguna casa de la calle de Embajadores o de Mesón de Paredes. Al salir de allá, cuando los faroles brillaban en el ambiente limpio de las noches de invierno, se detenían en los grupos de gente que oía a algún ciego tocar la guitarra. Laura se escurría entre los aprendices de taller embozados hasta las orejas en sus tapabocas, entre los golfos, asistentes y criadas. Escuchaban en silencio los arpegios, punteados y acordes, indispensable introducción del cante jondo.

Carraspeaba el cantor, lanzaba doloridos ayes y jipíos, y comenzaba la copla, alzando los turbios ojos, que brillaban apagados a la luz de los faroles.

Con los ojos cerrados, la boca abierta y torcida, apenas articulaba el ciego las palabras del lamento gitano, y sus frases sonaban subrayadas con golpes de pulgar sobre la caja sonora de la guitarra.

Aquellas canciones nostálgicas y tristes, cuyos principales temas eran el amor y la muerte, la sangrecita y el presidio, el corazón y las cadenas, y los camposantos y el ataúd de la madre, hacían estremecer a Laura, y sólo cuando Fernando le advertía que era tarde se separaba del grupo con pena y cogía el brazo de su amigo e iban los dos por las calles obscuras.

Muchas veces Fernando, al lado de aquella mujer, soñaba que iba andando por una llanura castellana seca, quemada, y que el cielo era muy bajo, y que cada vez bajaba más, y él sentía sobre su corazón una opresión terrible, y trataba de respirar y no podía.

De vez en cuando, un detalle sin importancia reavivaba sus deseos: un vestido nuevo, un escote más pronunciado. Entonces andaba detrás de ella por la casa como un lobo, buscando las ocasiones para encontrarla a solas, con los ojos ardientes y la boca seca; y cuando la cogía, sus manos nerviosas se agarraban como tenazas a los brazos o al pecho de Laura, y, con voz rabiosa, murmuraba entre dientes: «Te mataría»; y a veces tenía que hacer un esfuerzo para no coger entre sus dedos la garganta de Laura y estrangularla.

Laura le excitaba con sus caricias y sus perversidades, y cuando veía a Fernando gemir dolorosamente con espasmos, le decía, con una sonrisa entre lúbrica y canalla:

—Yo quiero que sufras, pero que sufras mucho.

Muchas noches Fernando se escapaba de casa y se reunía con sus antiguos amigos bohemios; pero en vez de hablar de arte bebía frenéticamente.

Por la mañana, cuando iba a casa, cuando por el frío del amanecer se disipaba su embriaguez, sentía un remordimiento terrible, no un dolor de alma, sino un dolor orgánico en el epigastrio y una angustia brutal que le daban deseos de echar a correr dando vueltas y saltos mortales por el aire, como los payasos, lejos, muy lejos, lo más lejos posible.

Solía recordar en aquellos amaneceres una impresión matinal de Madrid, de cuando era estudiante; aquellas mañanas frescas de otoño, cuando iba a San Carlos, se le representaban con energía, como si fueran los pocos momentos alegres de su vida.

Laura parecía rejuvenecerse con sus relaciones; en cambio, Fernando se avejentaba por momentos, e iba perdiendo el apetito y el sueño. Una neuralgia de la cara le mortificaba horriblemente; de noche le despertaba el dolor, tenía que vestirse y salir a la calle a pasear.

Quizá por contraste, Fernando, que estaba hastiado de aquellos amores turbulentos, se puso a hacer el amor a la muchacha de luto que era amiga de su prima y se llamaba Blanca.

Laura lo supo y no se incomodó.

—¡Si debías de casarte con ella! —le dijo a Fernando—. Te conviene. Tiene una fortuna regular.

A Ossorio le pareció repugnante la observación, pero no dijo nada.

Una noche Fernando fué a los Jardines y vió a Blanca paseándose, mirando a un nuevo galán. A Fernando empezaba a parecerle otra vez bonita y agradable. Devoró su rabia, y al salir siguió tras ella, que no sólo no disimulaba, sino que exageraba la amabilidad con el joven. Iba la muchacha en un grupo de varias personas que volvían a casa.

La siguió por Recoletos, y la oyó una risa tan irónica, tan burlona, que se acercó sin saber para qué. Fernando se adelantó a ella y se detuvo a encender un cigarro. Pasaron Blanca y su amiga, y detrás, dos señoras y un caballero, las dos muchachas del brazo, balanceándose, moviendo las caderas; y al llegar cerca de Fernando, éste se retiró tan torpemente que casi tropezó con ellas. Blanca se llevó la mano a la boca, fingiendo que contenía la risa, y murmuró:

—¡Está chiflado!

En todas las amigas de Blanca, Fernando notaba la misma mezcla de ironía y de compasión que lo exasperaba.

Por la amistad de María Flora llegó a acompañar a Blanca algunos días; pero en vez de enamorarse con el trato, le sucedió lo contrario.

Cada detalle le molestaba más y más. ¡Hacían unos desprecios a la institutriz!, pobre muchacha que había cometido el delito de tener unos ojos muy grandes y muy hermosos y una cara tranquila, de expresión dulce. La hacían ir siempre detrás; si formaban un corro para hablar, la dejaban fuera. Quizá había en la muchacha una gran serenidad, y todos los desdenes resbalaban en ella.

Blanca era de una desigualdad de carácter perturbadora, y Fernando tuvo que desistir de sus intentos.

Laura trató de consolarle; ella, que no quería perder a Fernando, ansiaba comprender aquel temperamento opuesto al suyo, aquel carácter irregular, tan pronto lleno de ilusiones como aplanado por un decaimiento sin causa. Había un verdadero abismo entre la manera de ser de los dos; no se entendían en nada, y Fernando, con la indignación de su debilidad, pegaba a su querida. A veces, a ella le entraba un terror pánico al ver a su sobrino hablando solo por las habitaciones obscuras.

Ella quería experimentar el placer a todo pasto, sentir vibrando las entrañas con las voluptuosidades más enervadoras, llegar al límite en que el placer, de intenso, se hace doloroso; pero turbar su espíritu, no.

Nunca se habían dicho Fernando y Laura una palabra tierna propia de enamorados; cuando sus ojos no manifestaban odio, más bien huían que buscaban encontrarse.

Y cada día Fernando estaba más intranquilo, más irritado y desigual en su manera de ser. De afirmaciones categóricas pasaba a negaciones de la misma clase, y si alguno le contrariaba, balbuciaba por la indignación palabras incoherentes. Una de sus frases era decir:

—Estoy azorado.

—¿Por qué? —se le preguntaba.

—Qué sé yo —contestaba irritado.

VII

Fueron tres meses terribles para Fernando.

Una noche, después de salir de la casa en donde se reunían los dos, en vez de callejear entraron en la iglesia de San Andrés, que estaba abierta. Se rezaba un rosario o una novena; la iglesia estaba a obscuras; había cuatro o cinco viejas arrodilladas en el suelo. Laura y Fernando entraron hasta el altar mayor, y como la verja que comunica la iglesia con la Capilla del Obispo estaba abierta, pasaron adentro y se sentaron en un banco. Después, Laura se arrodilló. El lugar, la irreverencia que allí se cometía, impulsaron a Fernando a interrumpir los rezos de Laura, inclinándose para hablarla al oído. Ella, escandalizada, se volvió a reprenderle; él la tomó del talle, Laura se levantó, y entonces Fernando, bruscamente, la sentó sobre sus rodillas.

—Te he de besar aquí —murmuró, riéndose.

—No —dijo ella temblorosamente—, aquí, no—. Después, mostrándole un Cristo en un altar, apenas iluminado por dos lamparillas de aceite, murmuró—: Nos está mirando. —Ossorio se echó a reír, y besó a Laura dos o tres veces en la nuca. Ella se pudo desasir, y salió de la iglesia; él hizo lo mismo.

De noche, al entrar en la cama, sin saber por qué, se le apareció claramente sobre el papel de su cuarto un Cristo grande que le contemplaba. No era un Cristo vivo de carne, ni una imagen del Cristo: era un Cristo momia. Fernando veía que el cabello era de alguna mujer, la piel de pergamino; los ojos debían de ser de 'otra persona. Era un Cristo momia, que parecía haber resucitado de entre los muertos, con carne y huesos y cabellos prestados.

—¡Farsante! —murmuró con ironía Ossorio—. ¡Imaginación, no me engañes! —Y no había acabado de decir esto, cuando sintió un escalofrío que le recorría la espalda.

Se levantó de su asiento, apagó la luz, se acercó a su alcoba y se tendió en la cama. Mil luces le bailaban en los ojos; ráfagas brillantes, espadas de oro. Sentía como avisos de convulsiones que le espantaban.

—Voy a tener convulsiones —se decía a sí mismo, y esta idea le producía un terror pánico,

Tuvo que levantarse de la cama; encendió una luz, se puso las botas y salió a la calle. Llegó a la plaza de Oriente a toda prisa. Se revolvían en su cerebro un *maremágnum* de ideas que no llegaban a ser ideas.

A veces sentía como un aura epiléptica, y pensaba: me voy a caer ahora mismo; y se le turbaban los ojos y se le debilitaban las piernas, tanto, que tenía que apoyarse con las manos en la pared de alguna casa.

Por la calle del Arenal fué hasta la Puerta del Sol. Eran las doce y media.

Llegó a Fornos y entró. En una mesa vió a un antiguo condiscípulo de San Carlos, que estaba cenando con una mujerona gruesa, y que le invitó a cenar con ellos.

Fernando contestó haciendo un signo negativo con la cabeza, y ya iba a marcharse, cuando oyó que le llamaban. Se volvió y se encontró a Paco Sánchez de Ulloa, que estaba tomando café.

Paco Sánchez era hijo de una familia ilustre. Se había gastado toda su fortuna en locuras, y debía una cantidad crecida. Eso sí, cuando se sentía vanidoso y se emborrachaba, decía que era el señor del estado de Ulloa y de Monterroto, y de otros muchos más.

Fernando contó, espantado, lo que le había sucedido.

—¡Bah! —murmuró Sánchez de Ulloa—. Si estuvieras en mi caso, no tendrías esos terrores.

—¿Pues qué te pasa?

—Nada. Que ha entrado un imbécil en el ministerio, una de esos ministros honrados que se dedican a robar el papel, las plumas, y me dejará cesante.

Este otro que se ha marchado era una buena persona.

—Pues, chico, no tenía una gran fama.

—No. Es un ladrón: pero siquiera, roba en grande. El dice: ¿Cuánto se puede sacar al año del ministerio? ¿Veinte mil pesetas? Pues las desprecia; las abandona a nosotros. Que luego divida a España en diez pedazos y los vaya vendiendo uno a Francia, otro a Inglaterra, etc., etc. Hace bien. Cuanto antes concluyan con este cochino país, mejor.

En aquel momento se sentó una muchacha pintada en la mesa en que estaban los dos.

—Vete, joven prostituta —le dijo Ulloa—; tengo que hablar con este amigo.

—¡Desaborío! —murmuró ella al levantarse.

—Será lo único que sabrá decir esa imbécil —masculló Fernando con rabia.

—¿Tú crees que las señoras saben decir más cosas? Ya ves María la gallega, la Regardé, la Churretes y todas esas otras si son bestias; pues nuestras damas son más bestias todavía y mucho más golfas.

—¿Qué, salimos? —preguntó Fernando.

—Sí. Vamos —dijo Ulloa.

Salieron de Fornos y echaron a andar nuevamente hacia la Puerta del Sol.

Ulloa maldecía de la vida, del dinero, de las mujeres, de los hombres, de todo.

Estaba decidido a suicidarse si la última combinación que se traía no le resultaba.

—A mí todo me ha salido mal en esta perra vida —decía Ulloa—, todo. Verdad que en este país el que tiene un poco de vergüenza y de dignidad está perdido. ¡Oh! Si yo pudiera tomar la revancha. De este indecente puéblo no quedaba ni una mosca. Que me decía uno: Yo soy un ciudadano pacífico. —No importa. ¿Ha vivido usted en Madrid? —Sí, señor. —Que le peguen cuatro tiros. Te digo que no dejaría ni una mosca, ni una piedra sobre otra.

Fernando le oía hablar sin entenderle. ¿Qué querrá decir? —se preguntaba.

Se traslucían en Ulloa todos los malos instintos del aristócrata arruinado.

Al desembocar en la Puerta del Sol vieron a dos mujeres que se insultaban rabiosamente.

Cuatro o cinco desocupados habian formado corro para oírlas. Fernando y Ulloa se acercaron. De pronto una de las mujeres, la más vieja, se abalanzó sobre la otra. La joven se terció el mantón y esperó con la mano derecha levantada, los dedos extendidos en el aire. En un momento, las dos se agarraron del moño y empezaron a golpearse brutalmente. Los del grupo reían. Fernando trató de separarlas, pero estaban agarradas con verdadera furia.

—Déjalas que se maten —dijo Ulloa, y tiró del brazo a Fernando.

Las dos mujeres seguían arañándose y golpeándose en medio de la gente, que las miraba con indiferencia.

De pronto se acercó un chulo, cogió a la muchacha más joven del brazo y le dió un tirón que la separó de la otra; tenía la cara llena de arañazos y de sangre.

—¡Vaya un sainete! —gritó Ulloa—. ¡Y la policía sin aparecer por ninguna parte! ¡Para qué servirá la policía en Madrid!

Las palabras de su amigo, la riña de las dos mujeres, Laura, la aparición de la noche, todo se confundía y se mezclaba en el cerebro de Fernando.

Nunca había estado su alma tan turbada. Ulloa seguía hablando, haciendo fantasías sobre el motivo del país. En este país... ¡Si estuviéramos en otro país!

Dieron una vuelta por la plaza de Oriente, y se dirigieron hacia el Viaducto. Desde allá se veía hacia abajo la calle de Segovia, apenas iluminada por las luces de los faroles, las cuales se prolongaban después en dos líneas de puntos luminosos que corrían en ziszás por el campo negro, como si fueran de algún malecón que entrara en el mar.

—Me gusta sentir el vértigo, suponer que aquí no hay una verja a la que uno puede agarrarse —dijo Ulloa.

Por una callejuela próxima a San Francisco el Grande salieron cerca de la plaza de la Cebada, y bajando por la calle de Toledo, pasaron por la puerta del mismo nombre. Antes de llegar al puente oyeron gritos y sonidos de cencerros. Traían las reses al Matadero. Fernando y Ulloa se acercaron al centro de la carretera.

—¡Eh! ¡Fuera de ahí! —les gritó un hombre con gorra de pelo que corría enarbolando un garrote.

—¿Y si no nos da la gana? —preguntó Ulloa.

—Maldita sea la... —exclamó el hombre de la gorra.

—¡A que le pego un palo a este tío! —murmuró Ulloa.

—¡Eh! ¡eh! ¡fuera! ¡fuera! —gritaron desde lejos.

Fernando hizo retroceder a su amigo; el hombre de la gorra echó a correr con el garrote al hombro y comenzaron a pasar las reses saltando, galopando, como una ola negra.

Detrás del ganado venían tres garrochistas a caballo. Ya cerca del Matadero, los jinetes gritaron, se encabritaron los caballos y todo el tropel de reses desapareció en un momento.

La noche estaba sombría; el cielo, con grandes nubarrones, por entre los cuales se filtraba de vez en cuando un rayo blanco y plateado de luna.

Ossorio y Ulloa siguieron andando por el campo llano y negro, camino de Carabanchel Bajo. Llegaron a este pueblo, bebieron agua en una fuente y anduvieron un rato por campos desiertos, llenos de surcos. Era una negrura y un silencio terribles. Sólo se oían a lo lejos ladridos desesperados de los perros. Enfrente, un edificio con las ventanas iluminadas.

—Eso es un manicomio —dijo Ulloa.

A la media hora llegaron a Carabanchel Alto por un camino a cuya derecha se veía un jardín que terminaba en una plaza iluminada con luz eléctrica.

—La verdad es que no sé para qué hemos venido tan lejos —murmuró Ulloa.

—Ni yo.

—Sentémonos.

Estuvieron sentados un rato sin hablar, y cuando se cansaron salieron del pueblo. Se veía Madrid a lo lejos, extendido, lleno de puntos luminosos, envuelto en una tenue neblina.

Llegaron al cruce de la carretera de Extremadura y pasaron por delante de algunos ventorros.

—¿Tú tienes dinero?— preguntó Ulloa.

—Un duro.

—Llamemos en una venta de éstas.

Hiciéronlo así; les abrieron en un parador y pa-

4

saron a la cocina, iluminada por un candil que colgaba de la campana de una chimenea.

—Se encuentra aquí uno en plena novela de Fernández y González, ¿verdad? —dijo Ulloa—. Le voy a hablar de vos al posadero.

—¡Eh, seor hostelero! ¿Qué tenéis para comer?

—Pues hay huevos, sardinas, queso...

—Está bien. Traed las tres cosas y poned la mesa junto al fuego. Pronto. ¡Voto a bríos! Que no estoy acostumbrado a esperar.

Fernando no tenía ganas de comer; pero, en cambio, su amigo tragaba todo lo que le ponían por delante. Los dos bebían con exageración; no hablaban. Vieron que unos arrieros con sus mulas salían del parador. Debía de estar amaneciendo.

—Vámonos —dijo Fernando.

Pero Ulloa estaba allí muy bien y no quería marcharse.

—Entonces me marcho solo.

—Bueno; pero dame el duro.

Ossorio se lo dió. Salió de la venta.

Empezaba a apuntar el alba; enfrente se veía Madrid envuelto en una neblina de color de acero. Los faroles de la ciudad ya no resplandecían con brillo; sólo algunos focos eléctricos, agrupados en la plaza de la Armería, desafiaban con su luz blanca y cruda la suave claridad del amanecer.

Sobre la tierra violácea de obscuro tinte, con alguna que otra mancha verde, simétrica de los campos de sembradura, nadaban ligeras neblinas; allá aparecía un grupo de casuchas de basurero, tan humildes que parecían no atreverse a salir de la tierra; aquí, un tejar; más lejos, una corraliza con algún grupo de arbolillos enclenques y tristes y al-

guna huerta por cuyas tapias asomaban masas de
follaje verde.

Por la carretera pasaban los lecheros montados en
sus caballejos peludos, de largas colas; mujeres de
los pueblos inmediatos arreando borriquillos cargados de hortalizas; pesadas y misteriosas galeras,
que nadie guiaba, arrastradas por larga reata de mulas medio dormidas; carros de los basureros, destar-
talados, con las bandas hechas de esparto, que iban
dando barquinazos, tirados por algún escuálido caballo precedido de un valiente borriquillo; traperos
con sacos al hombro; mujeres viejas, haraposas, con
cestas al brazo. A medida que se acercaba Ossorio
a Madrid iba viendo los paradores abiertos y hombres y mujeres negruzcos que entraban y salían en
ellos. Se destacaba la ciudad claramente: el Viaducto,
la torre de Santa Cruz, roja y blanca, otras, puntiagudas, piramidales, de color pizarroso, San Francisco el Grande...

Y en el aéreo mar celeste se perfilaban, sobre
montes amarillentos, tejados, torres, esquinazos
paredones del pueblo.

Sobre el bloque blanco del Palacio Real, herido
por los rayos del sol naciente, aparecía una nube-
cilla larga y estrecha, rosado dedo de la aurora; el
cielo comenzaba a sonreír con dulce melancolía, y la
mañana se adornaba con sus más hermosas galas
azules y rojas.

Subió Ossorio por la cuesta de la Vega, silenciosa, con sus jardines abandonados; pasó por delante
de la Almudena, salió a la calle Mayor; Madrid estaba desierto, iluminado por una luz blanca, fría,
que hacía resaltar los detalles todos. En el barrio en
donde vivía Fernando, las campanas llamaban a los

fieles a la primera misa; alguna que otra vieja enco-
gida, cubierta con una mantilla verdosa, se encami-
naba hacia la iglesia, como deslizándose cerca de
las paredes.

VIII

Al día siguiente, Ossorio se levantó de la cama
tarde, cansado, con la espalda y los riñones doloridos. Seguía pensando en el fenómeno de la noche
anterior e interpretándolo de una porción de maneras: unas veces se inclinaba a creer en lo inconsciente; otras, suponía la existencia de fuerzas supra-
naturales, o, por lo menos, suprasensibles. Había
momentos en que se creía en una farsa inventada
por él mismo sin darse conciencia clara del hecho;
pero, fuese cualquiera la explicación que admitiera,
el fenómeno le producía un miedo horrible.

Siempre había sido inclinado a la creencia en lo
sobrenatural, pero nunca de una manera tan rotun-
da como entonces. La época de la pubertad de Fernando, además de ser dolorosa por sus descubri-
mientos desagradables y penosos, lo fué también por
el miedo. De noche, en su cuarto, oía siempre la
respiración de un hombre que estaba detrás de la
puerta. Además era sonámbulo; se levantaba de la
cama muchas veces, salía al comedor y se escondía
debajo de la mesa; cuando el frío de las baldosas le
despertaba, volvía a la cama sin asombrarse.

Tenía dolores de distinto carácter; de distinto color le parecía a él.

Cuando todavía era muchacho fué a ver cómo agarrotaban a los tres reos de la Guindalera, llevado por una curiosidad malsana, y.por la noche, al meterse en la cama, se pasó hasta el amanecer temblando; durante mucho tiempo, al abrir la puerta de un cuarto obscuro veía en el fondo la silueta de los tres ajusticiados: la mujer en medio, con la cabeza para abajo; uno de los hombres, aplastado sobre el banquillo; el otro, en una postura jacarandosa, con el brazo apoyado en una pierna.

Pero aunque el miedo hubiera sido un huésped continuo de su alma, nunca había llegado a una tan grande intranquilidad, de todos los momentos. Desde aquella noche la vida de Fernando fué imposible.

Parecía que la fuerza de su cerebro se disolvía, y, con una fe extraña en un hombre incrédulo, intentaba levantar por la voluntad las mesas y las sillas y los objetos más pesados.

Fué una época terrible de inquietudes y dolores.

Unas veces veía sombras, resplandores de luz, ruidos, lamentos; se creía transportado en los aires o que le marchaba del cuerpo un brazo o una mano.

Otra vez se le ocurrió que los fenómenos medianímicos que a él le ocurrían tenían como causa principal el demonio.

En su cerebro débil, todas las ideas locas mordían y se agarraban, pero aquélla, no; por más que quiso aferrarse y creer en Satanás, la idea se le escapaba.

Intimamente su miedo era creer que los fenómenos que experimentaba eran única y exclusivamente síntomas de locura o de anemia cerebral.

Al mismo tiempo sentía una gran opresión en la

columna vertebral, y vértigos y zumbidos, y la tierra le parecía como si estuviera algodonada.

Un día que encontró a un antiguo condiscípulo suyo, le explicó lo que tenía y le preguntó despúes:

—¿Qué haría yo?

—Sal de Madrid.

—¿Adónde?

—A cualquier parte. Por los caminos, a pie, por donde tengas que sufrir incomodidades, molestias, dolores...

Fernando pensó durante dos o tres días en el consejo de su amigo, y viendo que la intranquilidad y el dolor crecían por momentos, se decidió. Pidió dinero a su administrador, cosió unos cuantos billetes en el forro de su americana, se vistió con su peor traje, compró un revólver y una boina, y una noche, sin despedirse de nadie, salió de casa con intención de marcharse de Madrid.

IX

Llegó al final de la Castellana, subió por los desmontes del Hipódromo, y fué siguiendo maquinalmente las vueltas y revueltas del Canalillo.

La noche estaba negra, calurosa, pesada; ni una estrella brillaba en el cielo opaco, ni una luz en las tinieblas. De algunas casas cercanas salían perros al camino, que se ponían a ladrar con furia.

A Fernando le recordaba la noche y el lugar, no-

ches y lugares de los cuentos en donde salen tras-
gos o ladrones.

Se sentó al borde del Canalillo. Era así como la
noche su porvenir: obscuro, opaco, negro. No quería emperezarse. Se levantó, y en una de las revueltas del camino se encontró con dos hombres garrote
en mano. Eran consumeros.

—¿Adónde salgo por aquí? —les preguntó Fernando.

—Si sigue usted por esta senda, a la Castellana;
por esta otra, a los Cuatro Caminos.

Se veían aquí y allá filas de faroles que brillaban,
se interrumpían, volvían a formar otra hilera y a
brillar a lo lejos.

Ossorio siguió hacia los Cuatro Caminos. Cuando
llegó a los merenderos empezaba a amanecer. En
una taberna preguntó cuál era aquella carretera; le
dijeron que la de Fuencarral, y comenzó a marchar
por ella.

A ambos lados de la carretera se veían casuchas
roñosas, de piso bajo sólo, con su corraliza cercada
de tapia de adobe; la mayoría, sin ventanas, sin más
luz ni más aire que el que entraba por la puerta.

Blancas nubes cruzaban el cielo pálido; en la sierra aun resaltaban grandes manchas de nieve. A lo
lejos se veía un pueblo envuelto en una nube ceni-
cienta. De los tejares próximos llegaba un olor irrespirable a estiércol quemado.

Salió el sol, que, aun dando de soslayo, comenzó
a fatigarle. Al poco rato sudaba a mares. No había
sombra allí para tenderse, ni ventorro cercano; después de vacilar Ossorio muchas veces, entró en un
cobertizo rodeado por una cerca hecha con latas de
petróleo.

Allí dentro, un viejo estaba amontonando botes de pimiento en un rincón.

—Oiga usted, buen hombre, ¿quiere usted darme algo de comer, pagando, por supuesto? —preguntó Ossorio.

—Pase usted, señorito.

Entró Fernando en el cobertizo, y el viejo le hizo pasar de aquí a su casa, hecha de adobe, con un corralillo para las gallinas, cercado por latas extendidas y clavadas en estacas.

El viejo era encorvado, con el pelo de color gris sucio, las manos temblorosas y los ojos rojizos; ejercía su profesión de basurero desde la infancia. Antes que Sabatini tuviera sus carros y su contrata con el Ayuntamiento, le dijo a Fernando, conocía él todo lo conocible en cuestión de basuras.

Después de exponer sus grandes conocimientos en este asunto, preguntó a Ossorio:

—¿Y adónde va usted, si se puede saber?

—Difícil es, porque yo no lo sé.

El viejo movió la cabeza con un ademán compasivo y de duda al mismo tiempo, y no dijo nada.

—¿Adónde va la carretera? —preguntó Fernando.

—La de la izquierda, a Colmenar; la otra es la carretera de Francia.

—Pues iré a Colmenar. ¿Me dejará usted dormir un rato aquí?

—Sí, señor. Duerma usted. ¡Pues no faltaba más!

Fernando se tendió en un montón de paja y quedó amodorrado.

Soñó que se acercaba a él por los aires, amenazadora, una nube negra, muy negra, y de repente se abría en su centro una especie de cráter rojo.

Se despertó de repente y se levantó.

—¿Qué le debo a usted? —le preguntó al viejo.

—A mí, nada.

—¡Pero, hombre!

—Nada, nada.

—Pues muchas gracias.

Se despidió del viejo dándole un apretón de manos, y siguió andando por la carretera, llena de polvo. Pasaban carromatos y mujeres montadas en borriquillos. La tierra era estéril; en la carretera, sólo a largo trecho había algún arbolillo raquítico y torcido, y en algunas partes, cuadros de viñas polvorientas.

A las nueve estaba Ossorio en Fuencarral. En la entrada del pueblo, a la derecha, hay una ermita blanca, acabada de blanquear, con la puerta de azul rabioso, cúpula de pizarra y un tinglado de hierro para las campanas.

El pueblo estaba solitario y triste, como si estuviera abandonado: se olía, al entrar en él, un olor fuerte a paja quemada.

En Fuencarral se divide la carretera; Ossorio tomó la que pasa próxima a la tapia de El Pardo.

Nubarrones grises y pálidos celajes llenaban el cielo; algunos rebaños pacían en la llanura. La carretera se extendía llena de polvo y de carriles hechos por los carros entre los arbolillos enclenques. El paisaje tenía la enorme desolación de las llanuras manchegas. A media tarde vió entre las colinas áridas y yermas las copas de unos cuantos cipreses que se destacaban negruzcos en el cielo.

Era algún jardín o cementerio de un convento abandonado y ruinoso que se veía a pocos pasos.

Fernando se echó allá, a la sombra, y descansó un par de horas. Sentía un terrible cansancio que

no le dejaba discurrir, con gran satisfacción suya, y
al mismo tiempo una vaguedad y laxitud grandes.

Al ver que pasaba la tarde tuvo que hacer un
gran esfuerzo para levantarse; bordeando la cerca
de El Pardo, sentándose aquí, echándose allá, fué
acercándose a Colmenar.

Se veía el pueblo desde lejos sobre una loma.
Por encima de él, nubes espesas y plomizas formaban en el horizonte una alta muralla, encima de la
cual parecían adivinarse las torres y campanarios de
alguna ciudad misteriosa, de sueño.

Aquella masa de color de plomo estaba surca-
da por largas hendeduras rojas que al reunirse y
ensancharse parecían inmensos pájaros de fuego con
las alas extendidas.

La masa azulada de la sierra se destacó al anochecer y perfiló su contorno, línea valiente y atrevi-
da, detallada en la superficie más clara del cielo.

Obscureció; lo plomizo fué tomando un tono frío
y gris; comenzó a oírse a lo lejos el tañido de una
campana; pasó una cigüeña volando...

X

Cuando se despertó al día siguiente en una posada de Colmenar eran ya las dos de la tarde. No
había podido conciliar el sueño hasta el amanecer.
Se levantó encorvado, con los pies doloridos; comió

y salió de casa. El día era caluroso, asfixiante; el cielo azul, blanquecino; la tierra quemaba.

Fernando se tendió a esperar a que el sol se ocultase para seguir su marcha y se durmió. Era el anochecer cuando salió del pueblo; la carretera estaba obscura, sombría después; a medida que la obscuridad se hacía mayor, quedó imponente.

La noche, estrellada, había refrescado; a un lado y a otro se oía el tintineo de los cencerros de las vacas y toros que pastaban en las dehesas.

Pasaron por el camino carros de bueyes en fila cargados de leña dirigidos por boyerizos con sombreros anchos; cruzaron por delante de Fernando algunos jinetes como negros fantasmas; después, la carretera quedó completamente desierta y silenciosa; no se oyó mas que el tañido de las esquilas de las vacas, tan pronto cerca, tan pronto lejos, rápido y vocinglero unas veces, triste y pausado otras.

Fernando se puso á cantar para ahuyentar el miedo, cuando oyó junto a él los ladridos broncos de un perro. Debía de ser un perrazo enorme, de esos de ganado; en la obscuridad no se le veía; pero se notaba que se acercaba de pronto y retrocedía después. Ossorio sacó el revólver y lo amartilló.

El perro pareció entencer la advertencia y se fué alejando, quedándose atrás hasta que dejaron de oírse sus ladridos.

Como sucede siempre, después de experimentar una impresión de miedo, Fernando se quedó turbado, y con predisposición ya para sentirlo y experimentarlo fuertemente por cualquier motivo, grande o pequeño. De pronto vió en la carretera una cosa blanca y negra que se movía. Se figuró que debía ser un toro o una vaca.

Fernando se sintió lleno de terror, y como para
aquel caso de nada le servía el revólver, lo guardó
en el bolsillo del pantalón después de ponerlo en
el seguro; y hecho esto, salió de la carretera, saltando la cerca de un lado, se internó en una dehesa,
sin pensar que el peligro era allí mayor por estar
pastando multitud de reses bravas. Dentro de la
dehesa trató de hacer una curva, dejando en medio
a la vaca, toro o lo que fuese y seguir la carretera
adelante.

Por desdicha, el terreno en el soto era muy desigual, y Ossorio se cayó de bruces desde lo alto de
un ribazo, sin más daño que una rozadura en las
rodillas.

La viajata empezaba a parecerle odiosa a Fernando, sobre todo larguísima. No pasaba nadie a
quien preguntarle si se había equivocado o no de
camino. Seguía oyéndose monótono y triste el son
de las esquilas; alguna que otra hoguera de llamas
rojas brillaba entre los árboles.

Se mezcló después al tañer de los cencerros el
graznido de las ranas, alborotador, escandaloso.

Al poco rato de esto, Fernando vió un hombre,
que debía ser molinero o panadero, porque estaba
blanco de harina y que venía jinete en un borriquillo tan pequeño, que iba rozando el suelo con
los pies.

—¿Este es el camino de Manzanares? —le preguntó Ossorio de sopetón.

El hombre, en vez de contestar, dió con los talo-
nes al borriquillo, que echó a correr; luego, desde
lejos, gritó:

—Sí.

—Ha creído que soy algún bandido —pensó Fernando, mirando al hombre, que se alejaba; y, acompañándole con sus maldiciones, siguió Ossorio camino adelante, cada vez más turbado y medroso, cuando a la revuelta de la carretera se encontró con un castillo que se levantaba sobre una loma.

—Debe ser un efecto de óptica —pensó Ossorio, y se fué acercando con susto, como quien se aproxima a un fantasma que sabe que se va a desvanecer.

—Era real el castillo, y parecía enorme. La luna pasaba por una galería destrozada que tenía en lo alto, y producía un efecto fantástico.

No lejos se comenzaba a ver el pueblo, envuelto en una neblina plateada. Era un pueblo de sierra, de pobres casas desparramadas en una loma.

Fernando se acercó a él y entró por una calle ancha y obscura, que era continuación de la carretera. Las casas todas estaban cerradas; ladraban los perros. En la plaza, de piso desigual, salía luz por la rendija de una puerta.

Ossorio llamó.

—¿Es posada ésta? —dijo.

—Sí, posada es.

Abrióse la puerta y entró en el zaguán, grande, blanqueado, con vigas en el techo.

A un lado, debajo de una tosca escalera, había un cajón de madera sin pintar, con un mostrador recubierto de cinc, y en el mostrador, un hombre ceñudo, de boína, que asomaba el cuerpo tras de una balanza de platillos de hierro.

Era el posadero; hablaban con él dos tipos de aspecto brutal: el uno, con la chaqueta al hombro, faja y boína; el otro, con sombrero ancho, de tela.

El de la boína pedía al del mostrador aguardiente y tabaco al fiado, y el posadero se lo negaba y miraba al suelo amargamente, mientras daba vuelta entre los labios a una colilla apagada.

Viendo que la conversación seguía sin que el posadero se fijara en él, Fernando preguntó:

—¿Se puede cenar?

—Pagando...

—Se pagará. ¿Qué hay para cenar?

—Usted dirá.

—¿Hay huevos?

—No, señor; no hay.

—¿Habrá carne?

—A estas horas carne, tú... —dijo con ironía el del mostrador a uno de sus amigos.

—¿Pues qué demonios hay entonces?

—Usted dirá.

—¿Quiere usted hacer unas sopas? Y no hablemos más.

—Bueno. ¡Vaya por las sopas! Dentro de un momento están aquí.

Vinieron las sopas en una gran cazuela, con una capa espesísima de pimentón. No estaban agradables, ni mucho menos; pero con un esfuerzo de voluntad eran casi comestibles.

—¿Hay algún pajar? —preguntó después Ossorio al posadero.

—No hay pajar.

—Entonces, ¿dónde se puede dormir?

—Aquí se duerme en la cama?

—Y en todas partes; pero como en este pueblo parece que no hay nada, creía que no habría cama tampoco.

—Pues hay dos. Ahí enfrente está el cuarto.

Fernando entró en él. Era un cuarto ancho, negro, con una cama de tablas y un colchón muy delgado.

Ossorio se tendió vestido, y no pudo dormir un momento: veía caminos que se alargaban hasta el infinito, y él los seguía y los seguía, y siempre estaba en el mismo sitio. De vez en cuando se despertaban sus sentidos; escuchaba avizorado por un temor sin causa, y oía afuera, en el silencio de la noche, el canto de los ruiseñores.

XI

Después de un rato corto de amodorramiento, Ossorio se despertó de madrugada con sobresalto; saltó de la dura cama, abrió una ventanuca y se asomó a ella. Era un amanecer espléndido y alegre: despertaba la Naturaleza con una sonrisa tímida; cantaban los gallos, chillaban las golondrinas; el aire estaba limpio, saturado de olor a tierra húmeda.

Cuando Ossorio iba a salir se encontró con la puerta cerrada por fuera. Llamó varias veces, hasta que oyó la voz del dueño.

—¡Voy, voy!

—¿Es que tenía usted miedo de que me marchara sin pagar? —le dijo Fernando.

—No; pero todo podía ser.

Ossorio no quiso reñir; pagó la cuenta, que subía a un peseta, y salió del pueblo.

El castillo, con la luz de la mañana, no era, ni

mucho menos, lo que de noche había parecido a Fernando; lo que tenía era una buena posición: estaba colocado admirablemente, dominando el valle.

Sería en otros tiempos más bien lugar de recreo que otra cosa; los señores de la corte irían allí a lancear los toros, y en los bancos de piedra de las torres, próximos a las ventanas, contemplarían las señoras las hazañas de los castellanos.

Pronto Ossorio perdió de vista el castillejo y comenzó a bordear dehesas, en las cuales pastaban toros blancos y negros que le miraban atentamente. Algunos pastores famélicos, sucios, desgreñados, le contemplaban con la misma indiferencia que los toros. Un zagal tocaba en el caramillo una canción primitiva, que rompía el aire silencioso de la mañana.

El cielo iba poniéndose negruzco, plomizo, violado por algunos sitios; una gran nube obscura avanzaba. Empezó a llover, y Ossorio apresuró su marcha. Iba acercándose a un bosquecillo frondoso de álamos, de un verde brillante. Ocultábase entre aquel bosquecillo una aldehuela de pocas casas, con su iglesia de torre piramidal terminada por un enorme nido de cigüeñas. Tocaban las campanas a misa. Era domingo.

Fernando entró en la iglesia, que se hallaba ruinosa, con las paredes recubiertas de cal, llenas de roñas y desconchaduras.

Al entrar no se percibía mas que unas cuantas luces en el suelo, colocadas sobre cuadros de tela blanca; después se iban viendo el altar mayor, el cura con su casulla bordada con flores rojas y verdes; luego se percibían contornos de mujeres arrodilladas, con mantillas negras echadas sobre la frente, caras duras, denegridas, tostadas por el sol, rezando con un ademán de ferviente misticismo; y en la parte de atrás de la iglesia, debajo del coro, por una ventana con cristales empolvados, entraba una claridad plateada que iluminaba las cabezas de los hombres, sentados en fila en un banco largo.

El cura, desde el altar, cantaba la misa con una voz cascada que parecía un balido; el órgano sonaba en el coro con una voz también de viejo. La misa estaba al concluir; el cura, que era un viejo de cara tostada y de cabellos blancos, alto, fornido, con aspecto de cabecilla carlista, dió la bendición al pueblo.

Las mujeres apagaron las luces, y las guardaron con el paño blanco en los cestillos; se acercaron a la pila de agua bendita y fueron saliendo.

Y la iglesia quedó negra, vacía, silenciosa...

Fernando salió también, se sentó en un banco de la plaza, debajo de un álamo grande y frondoso, frente al pórtico de la iglesia, y contempló la gente que iba dispersándose por los caminos y senderos en cuesta.

Eran tipos clásicos: viejas vestidas de negro, con mantones verdosos, tornasolados; las mantillas, con guarniciones de terciopelo roñoso, prendidas al moño. Las caras terrosas; las miradas de través, hoscas y pérfidas. Salieron todas las mujeres, viejas y jóvenes al atrio, y fueron bajando las cuestas del pueblo, hablando y murmurando entre ellas.

En derredor de la torre chillaban y revoloteaban los negros vencejos...

Fernando salió de la plaza, y después, del pueblo, siguiendo una vereda. Había cesado de llover; trozos de nubes blancas algodonosas se rompían y

5

quedaban hechos jirones al pasar por entre los picachos de un monte formado por pedruscos, sin árboles ni vegetación alguna.

Cruzó cerros llenos de matas de tomillo violadas, campos esmaltados por las flores blancas de las jaras y con las amarillas brillantes de retama. Por entre el boscaje y las zarzas de ambos lados del camino levantaba su vuelo alguna urraca negra; una bandada de cuervos pasaba graznando por el aire.

A las cuatro o cinco horas de salir de Manzanares, Fernando estaba a poca distancia de otra aldea.

El camino, al acercarse al pueblo aquél, trazaba una curva bordeando un barranco.

En el fondo corría un arroyo de agua espumosa entre grandes álamos y enormes peñas cubiertas de musgo, y en lo más bajo había un molino. Enfrente se recortaban y se contorneaban en el cielo, uno a uno, los riscos de un monte. Llegó Ossorio al pueblo, dió una vuelta por él y en la posada esperó a que le dieran de comer, sentándose en un banco que había al lado del portal.

Junto a una tapia de adobe color de tierra jugaban los chiquillos en un carro de bueyes; un burro tumbado en el suelo, patas arriba, coceaba alegremente. En el umbral de la casa frontera, de miserable aspecto, una vieja con refajo de bayeta encarnada, puesto como manto sobre la cabeza, espulgaba a un chiquillo dormido en sus piernas, que llevaba una falda también de bayeta amarillenta. Era una mancha de color tan viva y armónica, que Fernando se sintió pintor y hubiera querido tener lienzo y pinceles para poner a prueba su habilidad.

Le llamaron para comer, y entró en una sala con el techo bajo cruzado de vigas, las paredes pintadas de blanco, con varios cromos, y el suelo embaldosado con ladrillos rojos y bastos. En la ventana, con las maderas entreabiertas, había una cortina roja, y al pasar la luz por ella, matizaba los objetos con una tonalidad de misterio y de artificio al mismo tiempo, algo que a Fernando le parecía como su vida en aquellos momentos, una cosa vaga y sin objeto.

Concluyó de comer, y después de un momento de modorra, se levantó y no quiso preguntar nada de caminos ni de direcciones, y se marchó del pueblo.

Comenzó a subir un barranco lleno de piedras sueltas. Al terminar, tomó un sendero, y después, veredas y sendas hechas por los rebaños.

Se dirigió hacia una quiebra que hacían dos montañas desnudas, rojizas; se tendió en el suelo, y miró las nubes que pasaban por encima de su cabeza.

¡Qué impresión de vaguedad producían el cansancio y la contemplación en su alma!

Su vida era una cosa tan inconcreta como una de aquellas nubes sin fuerza que se iba esfumando en el seno de la Naturaleza.

Cuando hubo descansado, siguió adelante y atravesó el puerto. Desde allá, el paisaje se extendía triste, desolado. Enfrente se veía Somosierra como una cortina violácea y gris; más cerca se sucedían montes desnudos con altas cimas agudas, en cuyas grietas y oquedades blanqueaban finas estrías de nieve. Bajó Fernando hacia un valle, por una escarpada ladera, entre tomillares floridos y olorosos, matas de espinos y de zarzas. Al anochecer, un carbonero que encontró en el camino le indicó la dirección fija de una aldea.

XII

Siguiendo las instrucciones que le dieron, Fernando alquiló un caballo y se dirigió a buscar la carretera de Francia, El caballo era un viejo rocín cansado de arrastrar diligencias, que tenía encima de los ojos unos agujeros en donde podrían entrar los puños. Las ancas le salían como si le fueran a cortar la piel. Su paso era lento y torpe, y cuando Ossorio quería hacerle andar más de prisa, tropezaba el animal y tomaba un trote que, al sufrirlo el jinete, parecía como si le estremecieran las entrañas.

A paso de andadura llegó al mediodía a un pueblecillo pequeño con unas cuantas casuchas cerradas; sobre los tejados terreros sobresalían las cónicas chimeneas. Llamó en una puerta.

Como no le contestaba nadie, ató el caballo por la brida a una herradura incrustada en la pared, y entró en un zaguán miserable, en donde una vieja, con un refajo amarillo, hacía pleita.

—Buenos días —dijo Fernando—. ¿No hay posada?

—¿Posada? —preguntó con asombro la vieja.

—Sí, posada o taberna.

—Aquí no hay posada ni taberna.

—¿No podría usted venderme pan?

—No vendemos pan.

—¿Hay algún sitio en donde lo vendan?

—Aquí cada uno hace el pan para su casa.

—Sí. Será verdad; pero yo no lo puedo hacer. ¿No me puede usted vender un pedazo?

La vieja, sin contestar, entró en un cuartucho y vino con un trozo de pan seco.

—¿Cuántos días tiene? —preguntó Fernando.

—Catorce.

—¿Y qué vale?

—Nada, nada. Es una limosna.

Y la vieja se sentó, sin hacer caso de Fernando.

Aquella limosna le produjo un efecto dulce y doloroso al mismo tiempo. Subió en el jamelgo: fué cabalgando hasta el anochecer, en que se acercó a un pueblo. Una chiquilla le indicó la posada; entró en el zaguán y se sentó a tomar un vaso de agua.

En un cuarto, cuya puerta daba al zaguán, había algunos hombres de mala catadura bebiendo vino y hablando a voces de política. Se habían verificado elecciones en el pueblo.

En esto llegó un joven alto y afeitado, montado a caballo; ató el caballo a la reja, entró en el zaguán, hizo restallar el látigo y miró a Fernando desdeñosamente.

Uno de los que estaban en el cuarto salió al paso del jaque y le hizo una observación respecto a Ossorio: el joven entonces, haciendo un mohín de desprecio, sacó una navaja del bolsillo interior de la americana y se puso a limpiarse las uñas con ella.

Al poco rato entró en el zaguán un hombre de unos cincuenta años, chato, de cara ceñuda, cetrino, casi elegante, con una cadena de reloj, de oro, en el chaleco. El hombre, dirigiéndose al tabernero, preguntó en voz alta, señalando con el índice a Ossorio.

—¿Quién es ése?

—No sé.

Fernando, inmediatamente, llamó al tabernero, le pidió una botella de cerveza, y, señalando con el dedo al de la cadena de reloj, preguntó:

—Diga usted, ¿quién es ese chato?

El tabernero quedó lívido; el hombre arrojó una mirada de desafío a Fernando, que le contestó con otra de desprecio. El chato aquel entró en el cuarto donde estaban reunidos los demás. Hablaban todos a la vez, en tono unas veces amenazador y otras irónico.

—Y si no se gana la elección, hay puñaladas.

Fernando se olvidó de que era demócrata, y maldijo con toda su alma al imbécil legislador que había otorgado el sufragio a aquella gentuza innoble y miserable, sólo capaz de fechorías cobardes.

Hallábase Ossorio embebido en estos pensamientos, cuando el joven jaque, seguido de tres o cuatro, salió al zaguán; primeramente se acercó al caballo que había traído Fernando, y comenzó a hacer de él una serie de elogios burlones; después, viendo que esto no le alteraba al forastero, cogió una cuerda y empezó a saltar como los chicos, amagando dar con ella a Fernando. Éste, que notó la intención, palideció profundamente y cambió de sitio; entonces el joven, creyendo que Ossorio no sabría defenderse, hizo como que le empujaban, y pisó a Fernando. Lanzó Ossorio un grito de dolor; se levantó, y, con el puño cerrado, dió un golpe terrible en la cara de su contrario. El jaque tiró de cuchillo; pero, al mismo tiempo, Fernando, que estaba lívido de miedo y de asco, sacó el revólver y dijo con voz sorda:

—Al que se acerque, lo mato. Como hay Dios, que lo mato.

—Mientras los demás sujetaban al joven, el tabernero le rogó a Fernando que saliera. Él pagó, y con la brida del caballo en una mano y en la otra el revólver, se acercó a un guardia civil que estaba tomando el fresco en la puerta de su casa, y le contó lo que había pasado.

—Lo que debe usted hacer es salir inmediatamente de aquí. Ese joven con el que se ha pegado usted es muy mala cabeza, y como su padre tiene mucha influencia, es capaz de cualquier cosa.

Ossorio siguió el consejo que le daban, y salió del pueblo.

A las once de la noche llegó al inmediato, y, sin cenar, se fué a dormir.

En el cuarto que la destinaron había colgadas en la pared una escopeta y una guitarra; encima, un cromo del Sagrado Corazón de Jesús.

Ante aquellos símbolos de la brutalidad nacional comenzó a dormirse, cuando oyó una rondalla de guitarras y bandurrias que debía de pasar por delante de la casa. Oyó cantar una jota, y después otra y otra, a cual más estúpidas y más bárbaras, en las cuales celebraban a un señor que había debido salir diputado, y que vivía enfrente. Cuando concluyeron de cantar y se preparaba Ossorio a dormirse, oyó murmullos en la calle, silbidos, fueras, y después, cristales rotos en la casa vecina.

Era encantador; al poco rato volvía la rondalla.

Desesperado Fernando, se levantó y se asomó a la ventana. Precisamente en aquel momento pasa-

ban por la calle, montados a caballo, el joven jaque
de la riña del día anterior, con dos amigos.

Fernando avisó al posadero de que si pregunta-
ban por él dijese que no estaba allí; y cuando el
grupo de los tres, después de preguntar en la posada, entraron en otra calle, Fernando se escabulló,
y, volviendo grupas, echó a trotar, alejándose del
camino real hasta internarse en el monte.

XIII

Después de algunas horas de andar a caballo se
encontró en Rascafría, un pueblo que le pareció muy
agradable, con arroyos espumosos que lo cruzaban
por todos sitios.

Luego de echar un vistazo por el pueblo tomó el
camino del Paular, que pasaba entre prados florecidos llenos de margaritas amarillas y blancas y rega-
tos cubiertos de berros que parecían islillas verdes
en el agua limpia y bullidora.

Al poco rato llegó a la alameda del Paular, abandonada, con grandes árboles frondosos de retorcido
tronco.

A un lado se extendía muy alta la tapia de la
huerta del monasterio; al otro saltaba el río claro y
cristalino sobre un lecho de guijarros.

Llegó al abandonado monasterio y en la portería
le hospedaron. Ossorio creyó aquel lugar muy pro-
pio para el descanso.

Se sentía allí en aquellos patios desiertos un reposo absoluto. Sobre todo, el cementerio del convento era de una gran poesía. Era huerto tranquilo, reposado, venerable. Un patio con arrayanes y cipreses en donde palpitaba un recogimiento solemne, un silencio sólo interrumpido por el murmullo de una fuente que cantaba invariable y monótona su eterna canción no comprendida.

Las paredes que circundaban al huerto eran de granito azulado, áspero, de grano grueso; tenían góticas ventanas al claustro tapiadas a medias con ladrillos y a medias con tablas carcomidas por la humedad, negruzcas y llenas de musgo.

Entre ventana y ventana se elevaban desde el suelo hasta el tejado robustos contrafuertes de piedra terminados en lo alto en canecillos monstruosos: fantásticas figuras asomadas a los aleros para mirar al huerto, aplastadas por el peso de los chapiteles, toscos, desmoronados, desgastados, rotos. Encima de algunas ventanas se veían clavadas cruces de madera carcomida. Masas simétricas de viejos y amarillentos arrayanes, adornadas en los ángulos por bolas de recortado follaje, dividían el cementerio en cuadros de parcelas sin cultivar, bordeadas por las avenidas, cubiertas de grandes lápidas.

En medio del huerto había un aéreo pabellón con ventanas y puertas ojivales, y en el interior una pila redonda con una gran copa de piedra, de donde brotaban por los caños chorros brillantes de agua que parecían de plata.

A un lado, medio oculta por los arrayanes, se veía la tumba de granito de un obispo de Segovia, muerto en el cenobium y enterrado allí por ser ésta su voluntad.

¡Qué hermoso poema el del cadáver del obispo en aquel campo tranquilo! Estaría allá abajo con su mitra y sus ornamentos y su báculo, arrullado por el murmullo de la fuente. Primero, cuando lo enterraran, empezaría a pudrirse poco a poco: hoy se le nublaría un ojo, y empezarían a nadar los gusanos por los jugos vítreos; luego el cerebro se le iría reblandeciendo, los humores correrían de una parte del cuerpo a otra y los gases harían reventar en llagas la piel: y en aquellas carnes podridas y deshechas correrían las larvas alegremente...

Un día comenzaría a filtrarse la lluvia y a llevar con ella substancia orgánica, y al pasar por la tierra aquella substancia se limpiaría, se purificaría, nacerían junto a la tumba hierbas verdes, frescas, y el pus de las úlceras brillaría en las blancas corolas de las flores.

Otro día esas hierbas frescas, esas corolas blancas darían su substancia al aire y se evaporaría ésta para depositarse en una nube...

¡Qué hermoso poema el del cadáver del obispo en el campo tranquilo! ¡Qué alegría la de los átomos al romper la forma que les aprisionaba, al fundirse con júbilo en la nebulosa del infinito, en la senda del misterio donde todo se pierde!

XIV

Al día siguiente de llegar, Fernando pensó que sería una voluptuosidad tenderse a la sombra en el cementerio, y fué allá.

Después de recorrer los claustros entró en el camposanto, buscó la sombra y vió que debajo de unos arrayanes estaba tendido un hombre alto, flaco y rubio. Ossorio se retiraba de aquel sitio, cuando el hombre, con acento extranjero le dijo:

—¡Oh! No encontrará usted mejor lugar que éste para tenderse.

—Por no molestarle a usted...

—No, no me molesta.

Se tendió a pocos pasos del desconocido y permanecieron los dos mirando el cielo.

El follaje de un evonymus nacido en medio de una parcela resplandecía con el sol al ser movido por el viento y rebrillaban las hojas con el tembleteo como si fueran laminillas de estaño.

Como contraste de aquel brillo y movimiento los cipreses levantaban las rígidas y altas pirámides de sus copas y permanecían inmóviles, obscuros, exaltados, como si ellos guardasen el alma huraña de los monjes; y sus agudas cimas verdes, negruzcas, se perfilaban sobre la dulce serenidad del cielo inmaculado.

Se oía a veces vagamente un grito largo, lastimero, quizá el canto lejano de un gallo. En las avenidas, cubiertas de losas de granito, donde descansaban las viejas cenizas de los cartujos muertos en la paz del claustro, crecían altas hierbas y musgos amarillentos y verdosos. En medio del huerto, en el aéreo pabellón con puertas y ventanas ojivales, caían los chorros de agua en la pila redonda y cantaba la fuente su larga canción misteriosa.

El extranjero, sin abandonar su posición, dijo que se llamaba Max Schultze, que era de Nuremberg y que estaba en España por la simpatía y curiosidad que experimentaba por el país.

Fernando también se presentó a sí mismo.

Cambiaron entre los dos algunas palabras.

Cuando el sol estaba en el cenit, el alemán dijo:

—Es hora de comer. Vámonos.

Se levantaron los dos, y andando lentamente como bueyes cansinos, fueron a la portería del convento, en donde comieron.

—Ahora echaremos una siesta —dijo Schultze.

—¿Otra?

—Sí; yo por lo menos, sí.

Se tendieron en el mismo sitio, y como la reverberación del cielo era grande, se echaron el ala de los sombreros sobre los ojos.

—No es natural dormir tanto —murmuró Ossorio.

—No importa —replicó el alemán con voz confusa—. Yo no sé por qué hablan todos los filósofos de que hay que obrar conforme a la Naturaleza.

—¡Pchs! —murmuró Ossorio—; yo creo que será para que el mundo, los hombres, las cosas, evolucionen progresivamente.

—Y ese progreso, ¿para qué? ¿Qué objeto tiene? Mire usted qué nube más hermosa —dijo interrumpiéndose el alemán—; es digna de Júpiter.

Hubo un momento de silencio.

—¿Decía usted —preguntó Ossorio—, que para qué servía el progreso?

—Sí; tiene usted buena memoria. Es indudable que el mundo ha de desaparecer; por lo menos en su calidad de mundo. Sí; su materia no desaparecerá, cambiará de forma. Algunos de nuestros alemanes optimistas creen que como la materia evoluciona, asciende y se purifica, y como esta materia no se ha de perder, podrá utilizarse por seres de otro mundo, después de la desaparición de la Tierra. Pero, ¿y si el mundo en donde se aprovecha esta materia está tan adelantado, que lo más alto y refinado de la materia terrestre, el pensamiento de hombres como Shakespeare o Goethe, no sirve mas que para mover molinos de chocolate?

—A mí todo esto me produce miedo; cuando pienso en las cosas desconocidas, en la fuerza que hay en una planta de éstas, me entra verdadero horror, como si me faltara el suelo para poner los pies.

—No parece usted español —dijo el alemán—; los españoles han resuelto todos esos problemas metafísicos y morales que nos preocupan a nosotros, los del Norte, en el fondo mucho menos civilizados que ustedes. Los han resuelto, negándolos; es la única manera de resolverlos.

—Yo no los he resuelto —murmuró Ossorio—. Cada día tengo motivos nuevos de horror; mi cabeza es una guarida de pensamientos vagos, que no sé de dónde brotan.

—Para esa misticidad —repuso Schultze—, el mejor remedio es el ejercicio. Yo tuve una sobreexcitación nerviosa, y me la curé andando mucho y leyendo a Nietzsche. ¿Lo conoce usted?

—No. He oído decir que su doctrina es la glorificación del egoísmo.

—¡Cómo se engaña usted, amigo! Crea usted que
es difícil de representarse un hombre de naturaleza
más ética que él; dificilísimo hallar un hombre más
puro y delicado, más irreprochable en su conducta.
Es un mártir.

—Al oírle a usted, se diría que es Budha o que es
Cristo.

—¡Oh! No compare usted a Nietzsche con esos
miserables que produjeron la decadencia de la Humanidad.

Fernando se incorporó para mirar al alemán, vió
con asombro que hablaba en serio, y volvió a tenderse en el suelo.

Comenzó a anochecer; el viento silbaba dulcemente por entre los árboles. Un perfume acre, adusto, se
desprendía de los arrayanes y de los cipreses; no
piaban los pájaros, ni cacareaban los gallos... y seguía cantando la fuente, invariable y monótona, su
eterna canción no comprendida...

XV

—¿Conque sube usted a ese monte o no? —le dijo
el alemán—. Creo que le conviene a usted castigar
el cuerpo, para que las malas ideas se vayan.

—¿Pero piensa usted pasar la noche allá arriba?

—Sí; ¿por qué no?

—Hará frío.

—Eso no importa. Encenderemos fuego, y llevaremos mantas.

—Bien. Pero yo le advierto a usted que cuando me canse me tiro al suelo y no sigo.

—Es natural—. Yo haré lo mismo. Conque vamos a comer y en seguida, ¡arriba!

Comieron, prepararon algunas viandas, para el día siguiente, y cada uno con su manta al hombro y la escopeta terciada se encaminaron hacia un pinar de la falda de Peñalara.

El alemán se sentía movedizo y jovial; había hecho indudablemente provisión de energía mientras pasaba los días tendido en el suelo.

Al llegar al pinar, la cuesta se hizo tan pendiente que se resbalaban los pies. Fernando tenía que pararse a cada momento fatigado. Schultze le animaba gesticulando, gritando, cantando a voz en grito, con entusiasmo irónico, una canción patriótica que tenía por estribillo:

Deutschland, deutschland über ales.

Fernando sentía una debilidad como no la había sentido nunca, y tuvo que hacer largas paradas. Schultze se detenía junto a él de pie, y charlaban un rato.

De pronto oyeron un ladrido lejano, más agudo que el de un perro.

—¿Será algún lobo? —preguntó Ossorio.

—¡Ca! Es un zorro.

El gañido del animal se oía cerca, o lejos.

—Voy a ver si lo encuentro; esté usted preparado por si acaso viene por aquí —dijo Schultze, y cargó la escopeta con grandes postas y desapareció por entre la maleza. Poco después se oyeron dos tiros.

Fernando se sentó en el tronco de un árbol.

Al poco rato oyó ruido por entre los árboles. Preparó la escopeta, y al terminar de hacer esto, vió a diez o doce pasos el zorro, alto, amarillo, con su hermosa cola como un plumero. Sin saber por qué no se determinó a disparar, y el zorro huyó corriendo y se perdió en la espesura.

Al llegar Schultze le dijo que había visto al zorro.

—¿Por qué no ha disparado usted?

—Me ha parecido la distancia larga y creí que no le daría.

—Sin embargo, se dispara. Dice Tourgeneff que hay tres clases de cazadores: unos que ven la pieza, disparan en seguida, antes de tiempo, y no le dan; otros, apuntan, piensan qué momento será el mejor, disparan, y tampoco le dan, y, por último, hay los que tiran a tiempo. Usted es de la segunda clase de cazadores, y yo, de la primera.

Charlando iban subiendo el monte, se internaban por entre selvas de carrascas espesas con claros en medio. A veces cruzaban por bosques, entre grandes árboles secos, caídos, de color blanco, cuyas retorcidas ramas parecían brazos de un atormentado o tentáculos de un pulpo. Comenzaba a caer la tarde. Rendidos, se tendieron en el suelo. A su lado corría un torrente, saltando, cayendo desde grandes alturas como cinta de plata. Pasaban nubes blancas por el cielo, y se agrupaban formando montes coronados de nieve y de púrpura; a lo lejos, nubes grises e inmóviles parecían islas perdidas en el mar del espacio con sus playas desiertas. Los montes que enfrente cerraban el valle tenían un color violáceo con manchas verdes de las praderas; por encima de ellos brotaban nubes con encendidos núcleos fundidos por el sol al rojo blanco. De las laderas subían hacia las cumbres, trepando, escalando los riscos, jirones de espesa niebla que cambiaban de forma, y al encontrar una oquedad hacían allí su nido y se amontonaban unos sobre otros.

—A mí, esos montes —murmuró Ossorio— no me dan idea de que sean verdad; me parece que están pintados, que eso es una decoración de teatro.

—No creo eso de usted.

—Pues, sí; créalo usted.

—Para mí esos montes —dijo Schultze— son Dios.

Comenzó a anochecer.

—¿Qué hacemos? ¿Subimos más? ¿Vamos a ver si encontramos esa laguna?

—Vamos.

Anochecido llegaron a la laguna y anduvieron reconociendo los alrededores por todas partes a ver si encontraban alguna cueva o socavón donde meterse. Era aquello un verdadero páramo, lleno de piedras, desabrigado; el viento, muy frío, azotaba allí con violencia. Como no encontraron ni un agujero, se cobijaron en la oquedad que formaban dos peñas, y Fernando trató de cerrar una de las aberturas amontonando pedruscos, lo que no pudo conseguir.

—Yo voy por leña —dijo Schultze—. Sin fuego aquí nos vamos a helar.

Se marchó el alemán, y Ossorio quedó allá envuelto en la manta, contemplando el paisaje a la vaga luz de las estrellas. Era un paisaje extraño, un paisaje cósmico, algo como un lugar de planeta inhabitado, de la Tierra en las edades geológicas del icthiosauros y plesiosauros. En la superficie de la laguna larga y estrecha no se movía ni una onda; en su seno, obscuro, insondable, brillaban dormi-

6

das miles de estrellas. La orilla, quebrada e irregular, no tenía a sus lados ni arbustos ni matas; estaba desnuda.

En la cima de un monte lejano se columbraba la luz de la hoguera de algunos pastores.

Hasta que llegó Schultze, Fernando tuvo tiempo de desesperarse.

Tardó más de media hora, y vino con su manta llena de ramas sujeta en la cabeza.

Llegó sudando.

—Hay que andar mucho para encontrar algo combustible —dijo Schultze—. Hemos subido demasiado. A esta altura no hay mas que piedras.

Tiró la manta, en donde traía ramas verdes de espino, de retama y de endrino. El encenderlas costó un trabajo ímprobo: ardían y se volvían a apagar al momento.

Cuando después de muchos ensayos pudo hacerse una mediana hoguera, ya no quedaban más ramas que quemar, y a medida que avanzaba la noche hacía más frío; el cielo estaba lechoso, cuajado de estrellas. Fernando se sentía aterido, pero dulcemente, sin molestia.

—Vamos a traer más leña —dijo Schultze.

—¿Para qué? —murmuró vagamente Fernando—. Yo estoy muy bien.

Schultze vió que Ossorio estaba tiritando y que tenía las manos heladas.

—¡Vamos! ¡A levantarse! —gritó agarrándole del brazo.

Ossorio hizo un esfuerzo y se levantó. Inmediatamente empezó a temblar.

—Tome usted mi manta —dijo el alemán—, y ahora, andando a buscar leña.

Fueron los dos hasta una media hora de camino; echaron las mantas en el suelo y las fueron cargando de ramas, que cortaban por allí cerca. Después, con la carga en las espaldas, volvieron hacia el sitio de donde habían salido.

Sobre el rescoldo de la apagada hoguera pudieron encender otra fácilmente.

Ya, como había combustible en gran cantidad, a cada paso echaban al fuego más ramaje, que crepitaba al ser devorado por las llamas. Cuando aun creían que era media noche, comenzaron a correr nubes plomizas por el cielo. Se destacaron sobre el horizonte las cimas de algunas montañas; las nubes obscuras se aclararon; más lejos fueron apareciendo otras nubes estratificadas, azules, como largos peces; se dibujaron de repente las siluetas de los riscos cercanos.

A lo lejos, el paisaje parecía llano, y que terminaba en una sucesión de colinas.

El humo espeso y negro de la hoguera iba rasando la tierra y subía después en el aire, por la pared pedregosa del monte.

De pronto apareció sobre las largas nubes azules una estría roja, el horizonte se iluminó con resplandores de fuego, y por encima de las lejanas montañas el disco del sol miró a la tierra y la cubrió con la gloria y la magnificencia de los rayos de su inyectada pupila. Los montes tomaron colores: el sol brilló en la superficie tersa y sin ondas de la laguna.

—El buen papá de arriba es un gran escenógrafo —murmuró Schultze—. ¿Verdad?

—¡Oh! Ahora no siento haber venido —respondió Ossorio.

Después de admirar el espectáculo de la aurora se decidieron los dos a subir a la cumbre del monte.

Fernando se detuvo en el camino, al pie de uno de los picachos.

Desde allá se veían los bosques de El Espinar, La Granja, que parecía un cuartel, y más lejos Segovia, en una inmensa llanura amarilla, a trechos manchada por los pinares. No se advertía ningún otro pueblo en la llanura extensísima.

Por la mañana, Schultze y Fernando se internaron en lo más áspero de la sierra, sin dirección fija; durmieron y almorzaron en la cabaña de un cabrero, el cual les indicó como pueblo más cercano el de Cercedilla; y al divisar los tejados rojos de éste, como no tenían gana de llegar pronto, tendiéronse en el suelo en una pradera que en el claro de un pinar se hallaba.

Hacía allí un calor terrible; la tarde estaba pesada, de viento sur.

Con los ojos entornados por la reverberación de las nubes blancas, veían el suelo lleno de hierba, salpicado de margaritas blancas y amarillas, de peonías de malsano aspecto y tulipanes de purpúrea corola.

Una ingente montaña, cubierta en su falda de retamares y jarales florecidos, se levantaba frente a ellos; brotaba sola, separada de otras muchas, desde el fondo de una cóncava hondonada, y al subir y ascender enhiesta, las plantas iban escaseando en su superficie, y terminaba en su parte alta aquella mole de granito como muralla lisa o peñón tajado y desnudo, coronado en la cumbre por multitud de riscos, de afiladas aristas, de pedruscos rotos y de agujas delgadas como chapiteles de una catedral.

En lo hondo del valle, al pie de la montaña, veíanse por todas partes grandes piedras esparcidas y rotas, como si hubieran sido rajadas a martillazos; los titanes, constructores de aquel paredón ciclópeo, habían dejado abandonados en la tierra los bloques que no les sirvieron.

Sólo algunos pinos escalaban, bordeando torrenteras y barrancos, la cima de la montaña.

Por encima de ella, nubes algodonosas, de una blancura deslumbrante, pasaban con rapidez.

A Fernando le recordaba aquel paisaje alguno de los sugestivos e irreales paisajes de Patinir.

Dando la espalda a la montaña se veía una llanura azulada, y la carretera, cruzándola en ziszás, serpenteando después entre obscuros cerros hasta perderse en la cima de un collado.

La parte cercana de la llanura estaba en sombra; una nube plomiza le impedía reflejar el sol; la parte lejana, iluminada perfectamente, se alejaba hasta confundirse con la sierra de Gredos, faja obscura de montañas, oculta a trozos por nubecillas grises y rojizas.

Aquella tierra lejana e inundada de sol daba la sensación de un mar espeso y turbio; y un mar también, pero mar azul y transparente, parecía el cielo, y sus blancas nubes eran blancas espumas agitadas en inquieto ir y venir: tan pronto escuadrón salvaje, como manada de tritones melenudos y rampantes.

Con los cambios de luz, el paisaje se transformaba. Algunos montes parecían cortados en dos; rojos en las alturas, negros en las faldas, confundiendo su color en el color negruzco del suelo. A veces, al pasar los rayos por una nube plomiza, corría una pincelada de oro por la parte en sombra de la llanura y del bosque, y bañaba con luz anaranjada las copas redondas de los pinos. Otras veces, en medio del tupido follaje, se filtraba un rayo de sol, taladrándolo todo a su paso, coloreando las hojas en su camino, arrancándolas reflejos de cobre y de oro.

Fué anocheciendo. Se levantó un vientecillo suave que pasaba por la piel como una caricia. Los cantuesos perfumaron el aire tibio de un aroma dulce, campesino. Piaron los pájaros, chirriaron los grillos, rumor confuso de esquilas resonó a lo lejos. Era una sinfonía voluptuosa de colores, de olores y de sonidos.

Brillaban a intervalos los pedruscos de la alta muralla, enrojecidos de pronto por los postreros resplandores del sol, como si ardieran por un fuego interior; a intervalos también, al nublarse, aquellas rocas erguidas, de formas extrañas, parecían gigantescos centinelas mudos o monstruosos pajarracos de la noche, preparados para levantar el vuelo.

De pronto, por encima de un picacho, comenzaron a aparecer nubes de un color ceniciento y rojizo que incendiaron el cielo y lo anegaron en un mar de sangre. Sobre aquellos rojos siniestros se contorneaban los montes ceñudos, impenetrables.

Era la visión algo de sueño, algo apocalíptico; todo se enrojecía como por el resplandor de una luz infernal; las piedras, las matas de enebro y de jabino, las hojas verdes de los majuelos, las blancas flores de jara y las amarillas de la retama, todo se enrojecía con un fulgor malsano. Se experimentaba horror, recogimiento, como si en aquel instante fuera a cumplirse la profecía tétrica de algún agorero del milenario.

Graznó una corneja; la locomotora de un tren

cruzó a lo lejos con estertor fatigoso. Llegaban ráfagas de niebla por entre las quebraduras de los montes; poco después empezó a llover.

Fernando y el alemán bajaron al pueblo. Se había levantado la luna sobre los riscos de un monte, roja, enorme, como un sol enfermizo, e iba ascendiendo por el cielo. La vaga luz del crepúsculo, mezclada con la de la luna, iluminaba el valle y sus campos, violáceos, grises, envueltos en la blanca esfumación de la niebla.

Por delante de la luna llena pasaban nubecillas blancas, y el astro de la noche parecía atravesar sus gasas y correr vertiginosamente por el cielo.

XVI

Al día siguiente, Schultze volvió al Paular; Fernando se despidió de él, y en un carro salió para Segovia.

Llegó a Segovia con un calor bochornoso. El cielo estaba anubarrado, despedía un calor aplastante; sobre los campos, abrasados y secos, se agitaba una gasa espesa de la calina.

Se paró el carro en la posada del Potro, en donde entraban y salían arrieros y chalanes.

Llamó Ossorio a la dueña de la casa, una mujer gruesa, la cual le dijo que allá no daban de comer, que cada uno comía lo que llevaba.

Era costumbre ésta añeja de mesones y posadas del siglo XVII.

Le llevaron a su cuarto y se tendió en la cama. A las doce fué a la fonda de Caballeros, a comer, y después salió a dar una vuelta por el pueblo, que no conocía.

Paseó por dentro de la catedral, grande, hermosa, pero sin suma de detalles que regocijase el contemplarlos; vió la iglesia románica de San Esteban, que estaban restaurando; después se acercó al Alcázar.

Desde allá, cerca de la verja del jardín del Alcázar, se veían a lo lejos lomas y tierras amarillas y rojizas; Zamarramala sobre una ladera, unas cuantas casas mugrientas apiñadas y una torre, y la carretera blanca que subía el collado; a la derecha, la torre de la Lastrilla, y abajo, junto al río, en una gran hondonada llena de árboles macizos de follaje apretado, el ruinoso monasterio del Parral. Se le ocurrió a Fernando verlo; bajó por un camino, y después por sendas y vericuetos llegó a la carretera, que tenía a ambos lados álamos altísimos. Pasó el río por un puente que había cerca de una presa y de una fábrica de harinas.

Al lado de ésta, en un remanso del río, se bañaban unos cuantos chicos. Se acercó al monasterio; el pórtico estaba hecho trizas, sólo quedaba su parte baja. En el patio crecían viciosas hierbas, ortigas y yezgos en flor.

Hacía un calor pegajoso; rezongueaban los moscardones y las abejas; algunos lagartos amarillos corrían por entre las piedras.

Del claustro, por un pasillo, salió a un patio con corredores de una casa que debía estar adosada al monasterio; unas cuantas viejas negruzcas charlaban sentadas en el suelo; dos o tres dormían con la boca abierta. Salió del monasterio y bajó a una alameda de la orilla derecha del río. El suelo allí estaba cubierto de hierba verde, florecida; el follaje de los árboles era tan espeso, que ocultaba el cielo.

El río se deslizaba con rapidez; los álamos en flor de las márgenes dejaban caer sobre él un polvillo algodonoso que corría por la superficie lisa, verde y negruzca del agua en copos blancos.

Fernando se sentó en la alameda.

Enfrente, sobre la cintura de follaje verde de los árboles que rodeaban la ciudad, aparecían los bastiones de la muralla, y encima las casas, de paredes obscuras y grises, y las espadañas de las iglesias. Como la corola sobre el cáliz verde, veíase el pueblo, soberbia floración de piedra, y sus torres y sus pináculos se destacaban, perfilándose en el azul intenso y luminoso del horizonte.

Se oían las campanas de la catedral, que retumbaban, llamando a vísperas.

Empezó a llover; Fernando se encaminó hacia el pueblo; cruzó un puente, y tomando una senda, fué hasta pasar cerca de una iglesia gótica con una portada decadente. Llegó a la plaza; había dejado de llover. Se sentó en un café. A su lado, en otra mesa, había una tertulia de gente triste, viejos con caras melancólicas y expresión apagada, echando el cuerpo hacia adelante, apoyados en los bastones; señoritillos de pueblo que cantaban canciones de zarzuela madrileña, con los ojos vacíos, sin expresión ni pensamiento; caras hoscas por costumbre, gente de mirada siniestra y hablar dulce.

En aquellos tipos se comprendía la enorme decadencia de una raza que no guardaba de su antigua energía mas que gestos y ademanes, el cascarón de la gallardía y de la fuerza.

Se respiraba allí un pesado aburrimiento; las horas parecían más largas que en ninguna parte. Fernando se levantó presa de una invencible tristeza, y comenzó a andar sin dirección fija. El pueblo, ancho, silencioso, sin habitantes, parecía muerto.

En una calle que desembocaba en la plaza vió una iglesia románica con un claustro exterior. Estaba pintada de amarillo; el pórtico tenía a los lados dos imágenes bizantinas, de esas figuras alargadas, espirituales que admiran y hacen sonreír al mismo tiempo, como si en su hierática postura y en su ademán petrificado hubiese tanto de exaltación mística como de alegría y de candidez.

El interior de la iglesia estaba revocado con una torpeza e ignorancia repulsivas.

Molduras de todas clases, ajedrezadas y losanjeadas; filigranas de los capiteles, grecas y adornos habían quedado ocultos bajo una capa de yeso.

Estaban desesterando la iglesia; reinaba en ella un desorden extravagante. Encima de un sepulcro de alabastro se veía un montón de sillas y de palos; sobre la mesa del altar habían dejado un fardo de alfombras arrolladas. Ossorio salió al claustro y se entretuvo en contemplar los capiteles románicos: aquí se veían guerreros con espadas en la mano, haciendo una matanza de chicos; allá, luchas entre hombres y animales fantásticos; en otro lado, la perdiz con cabeza humana, de tan extraña leyenda arqueológica.

Como ya no llovía, Fernando volvió a salir en dirección a las afueras del pueblo por un camino en cuesta que bajaba hacia el barranco por donde corre uno de los arroyos que bordean Segovia: el arroyo de los Clamores. El camino pasaba cerca de un convento ruinoso con el campanario ladeado. Desde el raso del convento partía una fila de cruces de piedra que iba subiendo, por colinas verdes las unas, amarillentas y rapadas las otras, rotas o cortadas en algunas partes, mostrando sus entrañas sangrientas de ocre y rojo. Cerca de las colinas se alargaba una muralla de tierra blanca, llena de hendeduras horizontales.

Era un paisaje de una desolación profunda; las cruces de piedra se levantaban en los áridos campos, rígidas, severas; desde cierto punto no se veían más que tres. Fernando se detuvo allí. Componía con la imaginación el cuadro del Calvario. En la cruz de en medio, el Hombre Dios que desfallece, inclinando la cabeza descolorida sobre el desnudo hombro; a los lados, los ladrones luchando con la muerte, retorcidos en bárbara agonía; las santas mujeres que se van acercando lentamente a la cruz, vestidas con túnicas rojas y azules; los soldados romanos, con sus cascos brillantes; el centurión, en brioso caballo, contemplando la ejecución, impasible, altivo y severo, y a lo lejos, un camino tallado en roca, que sube serpenteando por la montaña, y en la cumbre de ésta, rasgando el cielo con sus mil torres, la mística Jerusalén, la de los inefables sueños de los santos...

Le faltaban los medios de representación para fijar aquel sueño.

Fernando siguió bordeando el barranco, hasta llegar a un pinar, en donde se tendió en la hierba. Desde allí se dominaba la ciudad. Enfrente, tenía la catedral, altísima, amarillenta, de color de barro, çon sus pináculos ennegrecidos; rodeada de casas parduzcas, más abajo corría la almenada muralla, desde el acueducto, que se veía únicamente por su parte alta, hasta un risco frontero, a aquel en el cual se levantaba el Alcázar. Se oía el ruido del arroyo que murmuraba en el fondo del barranco.

Se nublaba; de vez en cuando salía el sol e iluminaba todo con una luz de oro pálido.

Ossorio se levantó del suelo; a medida que andaba veía el barranco más macizo de follaje; el Alcázar, sin el aspecto de repintado que tenía al sol, se ensombrecía: semejaba un castillo de la Edad Media.

El arroyo de los Clamores, al acercarse al río, resonaba con mugido más poderoso.

En una hendedura del monte, unas mujeres andrajosas charlaban sentadas en el suelo; una de ellas, barbuda, de ojos encarnados, tenía una sartén sobre una hoguera de astillas, que echaba un humo irrespirable.

Fernando pasó un puente; siguió por una carretera, próxima a un convento, y subió al descampado de una iglesia que le salió al camino, en donde había una cruz de piedra. Se sentó en el escalón de ésta.

La iglesia, que tenía en la puerta, en azulejos, escrito «Capilla de la Veracruz», era románica y debía de ser muy antigua; tenía adosada una torre cuadrada, y en la parte de atrás, tres ábsides pequeños.

Para Fernando, ofrecía más encanto que la contemplación de la capilla la vista del pueblo, que se destacaba sobre la masa verde de follaje, contorneándose, recortándose en el cielo gris de acero y de ópalo.

Había en aquel verdor, que servía de pedestal a la ciudad, una infinita gradación de matices: el verde esmeralda de los álamos, el de sus ramas nuevas, más claro y más fresco, el sombrío de algunos pinos lejanos, y el amarillento de las lomas cubiertas de césped.

Era una sinfonía de tonos suaves, dulces; una gradación finísima que se perdía y terminaba en la faja azulada del horizonte.

El pueblo entero parecía brotar de un bosque, con sus casas amarillentas, ictéricas, de maderaje al descubierto, de tejados viejos, roñosos como manchas de sangre coagulada, y sus casas nuevas con blancos paredones de mampostería, persianas verdes y tejados rojizos de color de ladrillo recién hecho.

Veíanse a espaldas del pueblo lomas calvas, bajas colinas, blancas, de ocre, violáceas, de siena..., alguna que otra mancha roja.

El camino, de un color violeta, subía hacia Zamarramala; pasaban por él hombres y mujeres, ellas con el refago de color sobre la cabeza, ellos llevando del ronzal las caballerías.

A la puesta del sol, el cielo se despejó; nubes fundidas al rojo blanco aparecieron en el poniente.

Sobre la incandescencia de las nubes heridas por el sol, se alargaban otras de plomo, inmóviles, extrañas. Era un cielo heroico; hacia el lado de la noche el horizonte tenía un matiz verde espléndido.

Los pináculos de la catedral parecían cipreses de algún cementerio.

Obscureció más; comenzaron a brillar los faroles en el pueblo.

El verde de los chopos y de los álamos se hizo

negruzco; el de las lomas, cubiertas de césped, se matizó de un tono rojizo al reflejar las nubes incendiadas del horizonte; las lomas, rapadas y calvas, tomaron un tinte blanquecino, cadavérico.

Sonaron campanas en una iglesia; le contestaron al poco tiempo las de la catedral con el retumbar de las suyas.

Era la hora del *Angelus*.

El Alcázar parecía, sobre su risco afilado, el castillo de proa de un barco gigantesco...

Por la noche, en la puerta de la posada del Potro, un arriero joven cantaba malagueñas, acompañándose con la guitarra:

> Cuando yo era criminal
> en los montes de Toledo,
> lo primero que robé
> fueron unos ojos negros.

Y al rasguear de la guitarra se oían canciones lánguidas, de muerte, de una tristeza enfermiza, o jotas brutales, sangrientas, repulsivas, como la hoja brillante de una navaja.

XVII

A la mañana siguiente, de madrugada, salió Fernando de casa. Había en el aire matinal del pueblo, además de su frescura, un olorcillo a pajar muy agradable. Pasó por la calle de San Francisco a preguntar en la posada de Vizcaínos por un arriero, llamado Polentinos, que iba a Madrid en su carro; y como la posada de Vizcaínos estuviese cerrada, siguió andando hasta la plaza del Azoguejo.

Volvió al poco rato calle arriba, entró en la posada y preguntó por Polentinos. Estaba ya preparando el carro para salir.

Nicolás Polentinos era un hombre bajo, fornido, de cara ancha, con un cuello como un toro, los ojos grises, los labios gruesos, belfos. Llevaba un sombrero charro de tela, de esos sombreros que, puestos sobre una cabeza redonda, parecen el planeta Saturno rodeado de su anillo. Vestía traje pardo y botas hasta media pierna.

—¿Es usted el señor Polentinos?

—Para servirle.

—Me han dicho en la posada del Potro que va usted a Madrid en carro.

—Sí, señor.

—¿Quiere usted llevarme?

—¿Y por qué no? ¿Es un capricho?

—Sí.

—Pues no hay inconveniente. Yo salgo ahora mismo.

—Bueno. Ya arreglaremos lo del precio.

—Cuando usted quiera.

—¿Por dónde iremos?

—Pues de aquí á La Granja, y por la venta de Navacerrada a salir hacia Torrelodones, y de allá, pasando por Las Rozas y Aravaca, a Madrid. Es posible que yo no entre en Madrid —añadió Polentinos—; tengo que ir a Illescas a ver a una hija.

—¿Y por qué no va usted en tren?

—¿Para qué? No tengo prisa.

—¿Cuántas leguas tenemos de aquí a Madrid?

—Trece o catorce.

—¿Y de Marid a Illescas?

—Unas seis leguas.

Pusieron unas tablas en el carro, y, sentado en ellas Fernando, con los pies dentro de la bolsa del carro, y Polentinos en el varal, bajaron por la calle de San Francisco hasta tomar la carretera.

—Va a hacer mucho calor —dijo Polentinos.

—¿Sí?

—¡Vaya!

—Maldito sea. Y eso será malo para el campo, ¿eh?

—En esta época, pues, ya no le hace daño al campo.

—Y la cosecha, ¿qué tal es? —preguntó Fernando por entrar en conversación.

—Por aquí no es como pensábamos en el mes de mayo y hasta mediados de junio, por causa de las muchas lluvias y fuertes vientos, que nos tumbó el pan criado en tierra fuerte antes de salir la espiga, y no ha podido criarse el grano; y a lo que no le ha sucedido esto, los aires lo han arrebatado.

Era el hablar de Polentinos cachazudo y sentencioso.

Parecía un hombre que no se podía extrañar de nada.

A poco de salir vieron una cuadrilla de segadores que venían por un camino entre las mieses.

—¿Estos serán gallegos? —preguntó Ossorio.

—Sí.

—Qué vida más horrible la de esta gente.

—¡Bah! Todas las vidas son malas —dijo Polentinos.

—Pero la del que sufre es peor que la del que goza.

—¡Gozar! ¿Y quién es el que goza en la vida?

—Mucha gente. Creo yo...

—¿Usted lo cree?...

—Yo, sí. ¿Usted no?

—Le diré a usted. Y no es que yo quiera enseñarle a usted nada, porque usted ha estudiado y yo soy un rústico; pero, también a mi modo, he visto y observado algo, y creo, la verdad, que cuanto más se tiene más se desea, y nunca se encuentra uno satisfecho.

—Sí, eso es cierto.

—Es que la vida —prosiguió el señor Nicolás—, después de todo, no es nada. Al fin y al cabo, lo mismo da ser pobre que ser rico; ¿quién sabe?, puede ser que valga más ser pobre.

—¿Cree usted? —preguntó con suave ironía Ossorio, y se tendió sobre las maderas del carro, apoyó la cabeza en un saco y se puso a contemplar el fondo del toldo.

—Pues qué, ¿los ricos no tienen penas? Yo, algunas veces, cuando vengo a Segovia de Sepúlveda, que es donde vivo, y voy al teatro, arriba, al paraíso, suelo pensar: Y qué bien deben de encontrarse las señoras y los caballeros de los palcos; y después se me ocurre que también ellos tienen sus penas como nosotros.

—Pero, por si acaso, todo el mundo quiere ser rico, buen amigo.

—Sí, es verdad, porque todo el mundo quiere gozar de los placeres, y siempre se desea algo. A mí me pasó lo mismo; hasta los veinticinco años fuí pastor, y en mi pequeñez y en mi miseria, pues ya ve usted, vivía bien. De vez en cuando tenía tres o

7

cuatro duros para gastarlos; pero se me metió en la cabeza que había de hacer dinero, y empecé a comprar ganado aquí y a venderlo allá; primero en Sepúlveda y en Segovia, después en Valencia, en Sevilla y en Barcelona, y ahora mi hijo vende ganado ya en Francia; tengo mi casa y algunos miles de duros ahorrados, y no crea usted que soy más feliz que antes. Hay muchos disgustos y muchas tristezas.

—Sí, ¿eh?

—Vaya. Mire usted, cuando se casaron mis hijas me hice yo este cargo. Si les doy su parte es posible que se olviden de mí; pero si no se la doy es posible que lleguen a encontrar que tardo en morirme. Hice las reparticiones, y a cada hija su parte. Bueno, pues por unas cercas que entraron en la repartición, y porque a un arrendador le perdonaba yo veinticinco o cuarenta reales al año, este yerno de Illescas, ¿sabe usted lo que hace?, pues nada: despide al que estaba en la cerca, a un viejo que era un buen pagador y amigo mío, y pone allí a uno que quiso ser verdugo y ha sido carcelero en la villa de Santa María de Nieva. Figúrese usted qué hombre será el tal, que el viejo al tener que dejar la cerca le advierte que el fruto de los huertecillos, unas judías y unas patatas son suyos, como la burra que dejó en el corral, y el hombre que quiso ser verdugo le arranca toda la fruta y todas las hortalizas. Le escribo esto a mi yerno, y dice él que tiene razón, y mi hija se pone a su favor en esta cuestión y en todas. Y la otra hija, lo mismo. Después de haber hecho lo que he podido por ellas. La única que me quiere es la menor, pero la pobre es desgraciada.

—Pues, ¿qué la pasa?

—Es jorobada. Tuvo de niña una enfermedad.

—¿Y vive con usted?

—No; ahora la tengo en Illescas. Voy a recogerla. La pobrecilla... Nada, que la vida es una mala broma.

—Es que usted, señor Nicolás, y dispénsame usted que se lo diga, es usted insaciable.

—Y todos los hombres lo son, créalo usted, y como no se pueden saciar todos los deseos, porque el hombre es como un gavilán, pues vale más no saciar ninguno. ¿Usted no cree que se puede vivir en una casa de locos encerrado y ser más feliz con las ilusiones que tenga uno, que no siendo rico y viviendo en un palacio?

—Sí. Es posible.

—Claro. Si la vida no es mas que una ilusión. Cada uno ve el mundo a su manera. Uno lo ve de color de rosa, y otro, negro. ¡Vaya usted a saber cómo será! Es posible que no sea también mas que una mentira, una figuración nuestra, de todos.

Y el señor Nicolás hizo una mueca de desdén con sus labios gruesos y belfos y siguió hablando de la inutilidad del trabajo, de la inutilidad de la vida, de lo grande y niveladora que es la muerte.

Fernando miraba con asombro a aquel rey Lear de la Mancha, que había repartido su fortuna entre sus hijas y había obtenido como resultado el olvido y el desdén de ellas. La palabra del ganadero le recordaba el espírita ascético de los místicos y de los artistas castellanos; espíritu anárquico cristiano, lleno de soberbias y de humildades, de austeridad y de libertinaje de espíritu.

XVIII

Llegaron antes del mediodía a La Granja y comieron los dos en una casa de comidas. Por la tarde fueron a ver los jardines, que en el filosófico arriero no hicieron impresión alguna.

A Fernando, todas aquellas fuentes de gusto francés; aquellas estatuas de bronce de los Padres ríos, con las barbas rizadas; aquellas imitaciones de Grecia, pasadas por el filtro de Versalles; aquellas esfinges de cinc blanqueado, peinadas a lo Mad. Pompadour, le parecieron completamente repulsivas, de un gusto barroco, antipático y sin gracia.

Salieron de La Granja y por la noche llegaron a un pueblo; durmieron en la posada, y a la mañana siguiente, antes de que se hiciese de día, aparejaron las mulas, las engancharon y salieron del pueblo.

La luz eléctrica brillaba en los aleros de las casuchas negruzcas, débil y descolorida; la luna iluminaba el valle y plateaba el vaho que salía de la tierra húmeda.

En el campo obscuro rebrillaban como el azogue charcos y regueros que corrían como culebrillas.

En un redil veíase un rebaño de ovejas blanquinegras, y cubiertos con una gran manta los pastores, a quienes se veía rebullir debajo...

El camino trazaba una curva. Desde lejos se veía el pueblo con sus casas en montón y las paredes blancas por la luna.

Pasando por Torrelodones y Las Rozas, llegaron a Aravaca por la tarde, y de aquí, por la Puerta de Hierro, decidieron seguir por el paseo de los Melancólicos, que pasa por entre el Campo del Moro y la Casa de Campo, sin parar en Madrid.

El día era domingo. A la caída de la tarde, entre dos luces, llegaron a la Puerta de Hierro. Hacía un calor sofocante.

En el cielo, hacia el Pardo, se veía una faja rojiza de color de cobre.

En la Casa de Campo, por encima de la tapia blanca, aparecían masas de follaje, que en sus bordes se destacaban sobre el cielo con las ramitas de los árboles como las filigranas esculpidas en las piedras de una catedral.

En el río, sin agua, con dos o tres hilillos negruzcos, se veían casetas hechas de esparto y se levantaba de allí una peste del cieno imposible de aguantar.

En los merenderos de la Bombilla se notaba un movimiento y una algarabía grandes.

El camino estaba lleno de polvo. Cuando llegaron en el carro, cerca de la Estación del Norte, había anochecido.

No se veía Madrid, envuelto como estaba en una nube de polvo. A largos trechos brillaban los faroles rodeados de un nimbo luminoso.

La gente tornaba de pasear, de divertirse, de creer, por lo menos, que se había divertido, pasando la tarde aprisionado en un traje de domingo, bailando al compás de las notas chillonas de un organillo.

En los tranvías, hombres, mujeres y chicos, sudorosos, llenos de polvo, luchaban a empujones, a brazo partido, para entrar y ocupar el interior o las plataformas de los coches, y cuando éstos se ponían en movimiento, rebosantes de carne, se perdían de vista pronto en la gasa de calor y de polvo que llenaba el aire.

La atmósfera estaba encalmada, asfixiante; la multitud se atropellaba, gritaba, se injuriaba, quizá sintiendo los nervios irritados por el calor.

Aquel anochecer, lleno de vaho, de polvo, de gritos, de mal olor; con el cielo bajo, pesado, asfixiante, vagamente rojizo; aquella atmósfera, que se mascaba al respirar; aquella gente endomingada, que subía en grupos hacia el pueblo, daba una sensación abrumadora, aplastante, de molestia desesperada, de malestar, de verdadera repulsión.

XIX

—¿Es Illescas? —preguntó Fernando.

—Sí, es Illescas? —contestó Polentinos.

Se veía desde lejos el Hospital de la Caridad y la alta torre de la Asunción, recortándose sobre el cielo azul blanquecino luminoso, y a los pies de la torre un montón pardusco de tejados.

Un camino polvoriento, con álamos raquíticos, subía hacia la iglesia.

Tomaron por la alameda y fueron acercándose al pueblo, que parecía dormido profundamente bajo un sol ardiente, abrasador; las puertas de las casas estaban cerradas; sus paredes reflejaban una luz deslumbradora, cruda, que cegaba; entre los hierros de las rejas, terminadas en la parte alta por cruces, brillaban rojos geranios y claveles.

Atontados por el calor, que caía como un manto de plomo, siguieron andando hasta llegar a casa de la hija de Polentinos.

Entraron en la casa.

Fernando pudo notar la frialdad con que recibieron al señor Nicolás, excepto la jorobadita, que le abrazó con efusión.

El yerno miró a Fernando con desconfianza, y éste dijo que se iba. Como habían comido ya en la casa, decidieron el señor Nicolás y Ossorio ir a la fonda del pueblo, y enviaron a una muchacha a que encargara la comida.

Fernando, con el pretexto de que quería ver la iglesia, salió de la casa, diciéndole a Polentinos que le esperaría en la fonda.

Fernando salió, y al ver el Hospital de la Caridad abierto, entró en su iglesia; pasó primero por un patio con árboles.

La iglesia estaba desierta. Se sentó en un banco a descansar. Enfrente, en el altar mayor, ardían dos lamparillas de aceite: una muy alta, otra junto al suelo. Había un silencio de esos que parecen sonoros; del patio llegaba a veces el piar de los pájaros; al paso de alguna carreta por la calle, retemblaba el suelo. De la bóveda central de la iglesia colgaban, suspendidas por barras de hierro, dos lámparas grandes, envueltas en lienzos blancos, como dos enormes lagrimones helados; de vez en cuando crujía, por el calor, alguna madera.

Fernando se acercó a la gran verja central, pintarrajeada, plateresca, que dividía el templo, y vió en el fondo unas viejas vestidas de negro que andaban de un lado a otro. Salió de allá, y en el patio se encontró con Polentinos.

Entraron a comer en la confitería, que era al mismo tiempo fonda. El comedor era un cuartucho empapelado con papel amarillo, con unas banquetas de percalina roja.

Por entre las cortinas se veía un trozo de tapia blanca que reverberaba por el sol. Una nube de moscas revoloteaban en el aire y se depositaban en masas negras sobre la mesa.

Polentinos hablaba con tristeza de su hija la jorobadita, ¡que era más buena la pobre...!

La infeliz comprendía que no se podría casar, y todo su ideal era ir a Segovia y poner allí una cacharrería. Se despidieron afectuosamente Polentinos y Fernando.

—¿Qué va usted a hacer —le dijo Polentinos.

—Me voy a Toledo.

—Tiene usted más de treinta kilómetros desde aquí.

—No me importa.

—¿Pero va usted a ir a pie?

—Sí.

Salió a eso de las cuatro.

El paisaje de los alrededores era triste, llano. Estaban en los campos trillando y aventando. Salió del pueblo por una alameda raquítica de árboles secos.

Al acercarse a la estación vió pasar el tren; en los andenes no había nadie.

Comenzó a andar; se veían lomas blancas, trigales rojizos, olivos polvorientos; el suelo se unía con el horizonte por una línea recta.

Bajo el cielo de un azul intenso, turbado por vapores blancos como salidos de un horno, se ensanchaba la tierra, una tierra blanca calcinada por el sol, y luego, campos de trigo, y campos de trigo de una entonación gris pardusca, que se extendían hasta el límite del horizonte; a lo lejos, alguna torre se levantaba junto a un pueblo; se veían los olivos en los cerros, alineados como soldados en formación, llenos de polvo; alguno que otro chaparro, alguno que otro viñedo polvoriento...

Y a medida que avanzaba la tarde calurosa, el cielo iba quedándose más blanco.

Sentíase allí una solidificación del reposo, algo inconmovible, que no pudiera admitir ni la posibilidad del movimiento. En lo alto de una loma, una recua de mulas tristes, cansadas, pasaban a lo lejos levantando nubes de polvo; el arriero, montado encima de una de las caballerías, se destacaba agrandado en el cielo rojizo del crepúsculo, como gigante de edad prehistórica que cabalgara sobre un megaterio.

El aire era cada vez más pesado, más quieto.

En algunas partes estaban segando.

Eran de una melancolía terrible aquellas lomas amarillas, de una amarillez cruda calcárea, y la ondulación de los altos trigos.

Pensar que un hombre tenía que ir segando todo aquello con un sol de plano, daba ganas, sólo por eso, de huír de una tierra en donde el sol cegaba, en donde los ojos no podían descansar un momento contemplando algo verde, algo jugoso, en donde la tierra era blanca y blancos también y polvorientos los olivos y las vides...

.Fernando se acercó a un pueblo rodeado de lomas y hondonadas amarillas, ya segadas.

En uno de aquellos campos pastaban toros blancos y negros.

El pueblo se destacaba con su iglesia de ladrillo y unas cuantas tapias y casas blancas que parecían huesos calcinados por un sol de fuego.

Veíanse las eras cubiertas de parvas doradas; trillaban, subidos sobre los trillos arrastrados por caballejos, los chicos, derechos, sin caerse, gallardos como romanos en un carro guerrero, haciendo evolucionar sus caballos con mil vueltas; a los lados de las eras se amontonaban las gavillas en las hacinas, y, a lo lejos, se secaba el trigo en los amarillentos tresnales.

Por las sendas, entre rastrojos, pasaban siluetas de hombres y de mujeres denegridos; venían por el camino carretas cargadas hasta el tope de paja cortada.

Nubes de polvo formaban torbellinos en el aire encalmado, inmóvil, que vibraba en los oídos por el calor.

Las piedras blanquecinas, las tierras grises, casi incoloras, vomitaban fuego.

Fernando, con los ojos doloridos y turbados por la luz, miraba entornando los párpados. Le parecía el paisaje un lugar de suplicio, quemado por un sol de infierno.

Le picaban los ojos, estornudaba con el olor de la paja seca, y se le llenaba de lágrimas la cara.

Un rebaño de ovejas grises, también polvorientas, se desparramaba por unos rastrojos.

Fué obscureciendo.

Fernando dejó atrás el pueblo.

A media noche, en un lugarón tétrico, de paredes blanqueadas, se detuvo a descansar; y al día siguiente, al querer levantarse, se encontró con que no podía abrir los ojos, que tenía fiebre y le golpeaba la sangre en la garganta.

Pasó así diez días enfermo en un cuarto obscuro, viendo hornos, bosques incendiados, terribles irradiaciones luminosas.

A los diez días, todavía enfermo, con los ojos vendados, en un carricoche, al amanecer, salió para Toledo.

XX

Llegó a la imperial ciudad por la mañana, a las ocho.

Entró por el puente de Alcántara.

El día era fresco, hermoso, tranquilo. El cielo, azul, limpio, con nubes pequeñas, redondeadas, negruzcas en su centro, adornadas con un reborde blanco reverberante.

El cochero le recomendó una casa de huéspedes de la plaza de las Capuchinas que él conocía; pero Fernando prefería ir a un mesón.

El cochero paró el coche en una posada a la entrada de Zocodover, enfrente de un convento.

Era el mesón modernizado, con luz eléctrica, pero simpático en su género. Un pasillo en cuesta, con el suelo recubierto de cascajo, conducía a un patio grande, limpio y bien blanqueado, con techumbre de cristalería en forma de linterna.

En el patio se abrían varias puertas: la de las cuadras, la de la cocina, y otras, y desde él subía la escalera para los pisos altos de la casa. Era el patio el centro de la posada: allí estaba la artesa para lavar la ropa, el aljibe con su pila para que bebiese el ganado; allí aparejaban los arrieros los caballos y las mulas, y allí se hacía la tertulia en el verano al anochecer.

En aquella hora, el patio estaba desierto; llamó Ossorio varias veces, y apareció el posadero, hombre bajo y regordete, que abrió una de las puertas, la del comedor, e hizo pasar a Fernando a un cuarto largo, estrecho, con una mesa también larga en medio, dos pequeñas a los lados, y en el fondo dos armarios grandes y pesadotes, llenos de vajilla pintarrajeada de Talavera.

Desayunóse Fernando, y salió a Zocodover.

La luz del sol le produjo un efecto de dolor en los ojos, y, algo mareado, se sentó en un banco.

Una turba de chiquillos famélicos se acercó a él.

—¿Quiere usted ver la Catedral, San Juan de los Reyes, la Sinagoga?

—No, no quiero ver nada.

—Una buena fonda; un intérprete.

—No, nada.

—*Musiú, musiú,* deme usted un *sú* —gritaban otros chiquillos.

Fernando volvió a la posada y se acostó pronto. Al día siguiente se encontró con que no podía abrir los ojos de inflamados que nuevamente los tenía, y se quedó en la cama.

La gente del mesón le dejaba solo, sin cuidarse más que de llevarle la comida.

En aquel estado era un flujo de pensamientos el que llegaba a su cerebro.

De optimista pensaba que aquella enfermedad, los días horribles que estaba pasando, podían ser dirigidos para él por el destino, con un móvil bueno, a fin de que se mejorase su espíritu. Después, como no admitía una voluntad superior que dirigiera los destinos de los hombres, pensaba que, aunque las desgracias y las enfermedades en sí no tuviesen un objeto moral, el individuo podía dárselos, puesto que los acontecimientos no tienen más valor que aquel que se les quiere conceder.

Otras veces hubiera deseado dormir. Pasar toda la vida durmiendo con un sueño agradable, ¡qué felicidad! ¡Y si el sueño no tuviera ensueños! Entonces, aun felicidad mayor. Pero como el sueño está preñado de vida, porque en las honduras de esa muerte diaria se vive sin conciencia de que se vive, al despertar Ossorio y al no hacer gasto de su energía ni de su fuerza, esta energía se transformaba en su cerebro en un ir y venir de ideas, de pensamientos, de proyectos, en un continuo oleaje de cuestiones, que salían enredadas como las cerezas, cuando se tira del rabito de una de ellas.

Decía, por ejemplo, inconscientemente, en voz alta, quejándose:

—¡Ay, qué vida ésta!

Y el cerebro, automáticamente, hacía el comentario.

—¿Qué es la vida? ¿Qué es vivir? ¿Moverse, ver, o el movimiento anímico que produce el sentir? Indudablemente, es esto: una huella en el alma, una estela en el espíritu, y, entonces, ¿qué importa que las causas de esta huella, de esta estela, vengan del mundo de adentro o del mundo de afuera? Además, el mundo de afuera no existe; tiene la realidad que yo le quiero dar. Y, sin embargo, ¡qué vida ésta más asquerosa!

XXI

Cuando comenzó a sentirse mejor, compró unas antiparras negras, que le tapaban por completo los ojos, y con ellas puestas paseaba todos los días en Zocodover, a la sombra, entre empleados, cadetes y comerciantes de la ciudad; veía a los chiquillos que llegaban por el Miradero, voceando los periódicos de Madrid, y, como no le interesaban absolutamente nada las noticias que pudieran tener, no los compraba.

El primer día que se encontró ya bien, decidió marcharse de la posada e ir a la casa de huéspedes que le había recomendado el hombre en compañía del cual fué a Toledo. Se levantó de madrugada, como casi todos los días, se desayunó con un bartolillo que compró en una tienda de allí cerca, salió a Zocodover, y, callejeando, llegó a la plaza de las Capuchinas, cerca de la cual le habían indicado que se hallaba la casa de huéspedes; la encontró, pero estaba cerrada. Volvió de aquí para allá, a fin de matar el tiempo, hasta encontrarse en una plaza en donde se veía una iglesia grandona y churrigueresca, con dos torres a los lados, portada con tres puertas y una gradería, en la que estaban sentadas una porción de mujeres y de chicos.

Entre aquellas mujeres había algunas que llevaban refajos y mantos de bayeta de unos colores desconocidos en el mundo de la civilización, de un tono tan jugoso, tan caliente, tan vivo, que Fernando pensó que sólo allí pudo el Greco vestir sus figuras con los paños espléndidos con que las vistió.

En medio de la plaza había una fuente y un jardinillo con bancos. En uno de éstos se sentó Fernando.

En la acera de una callejuela en cuesta, que partía de la plaza, se veía una fila de cántaros sosteniéndose amigablemente, como buenos camaradas; unos hacían el efecto de haberse dormido sobre el hombro de sus compañeros; otros, apoyándose en la pared, tan gordos y tripudos, parecían señores calmosos y escépticos, completamente convencidos de la inestabilidad de las cosas humanas.

A un lado de la plaza, por encima de un tejado, asomaba la gallarda torre de la catedral.

Ossorio miraba a los cántaros y a las personas sentadas en las gradas de la iglesia, preguntándose qué esperarían unos y otras.

En esto, vino un hombre con un látigo en la mano, se acercó a la fuente, hizo una serie de manipulaciones con unos bramantes y unas cañas, y, al poco rato, el agua empezó a manar.

Entonces, el hombre restalló el látigo en el aire.

Inmediatamente, como una bandada de gorriones, toda la gente apostada en las gradas bajó a la plaza; cogieron mujeres y chicos los cántaros en la acera de la callejuela, y se acercaron con ellos a la fuente.

Después de contemplar el espectáculo, pensó Fernando que estaría ya abierta la casa.

A pesar de que sabía que estaba cerca de las Capuchinas, de la calle de las Tendillas y de otra que pasa por Santa Leocadia y Santo Domingo el antiguo, se perdió a pocos metros de distancia, y tuvo que dar muchas vueltas para encontrarla.

Entró Fernando en el obscuro zaguán, llamó la campanilla, y, abierta la puerta, pasó a un patio, no muy grande, con el suelo de baldosa encarnada.

En el centro había unos cuantos evonymus, y en un ángulo un aljibe. En uno de los lados estaba la puerta del piso bajo, que daba a una galería estrecha o pasillo con ventanas, en una de las cuales se sujetaba la cuerda, que al tirar de ella abría la puerta del zaguán; del pasillo partía la escalera, que era clara, con una gran linterna de cristales en el techo, que dejaba pasar la claridad del sol.

En el piso alto vivía la patrona; el bajo lo tenía alquilado a otra familia.

La casa era grande y bastante obscura, pues aunque daba a una calle y tenía un patio en medio, estaba rodeada de casas más altas que no la dejaban recibir el sol.

Desde que se entraba, olíase a una planta rústica, quemada, que recordaba los olores de las sacristías.

Fernando preguntó en el piso bajo por la casa de doña Antonia, y le indicaron que subiera al principal.

Allí se encontró con la patrona, una mujer gruesa, frescota, de unos treinta y cinco a cuarenta años, de cara redonda y pálida, ojos negros, voluptuosos, y modo de hablar un tanto libre.

Su marido era empleado en el Ayuntamiento, un hombre bajito, charlatán y movedizo, al que vió salir Fernando para ir a la oficina.

No tuvieron que discutir ni condiciones ni precio, porque a Ossorio le pareció todo muy barato; y por la tarde abandonó la posada y fué a instalarse en la casa nueva.

El cuarto que ocupó Fernando era un cuarto largo, para entrar en el cual había que subir unos escalones; estaba blanqueado y tenía más alto el techo que las demás habitaciones de la casa. El balcón, de gran saliente, daba a una callejuela estrechísima, y parecía que se podía dar la mano con el vecino de enfrente, un cura viejo, alto y escuálido, que por las tardes salía a una azotea pequeña, y paseando de un lado a otro y rezando, se pasaba las horas muertas.

En el cuarto había una cómoda grande, y sobre ella, en medio, una Virgen del Pilar de yeso, y a los lados, fanales de cristal, y dentro de ellos, ramilletes hechos de conchitas pequeñas, pegadas unas a otras, imitando margaritas, rosas, siemprevivas, abiertas o en capullo, en medio de un follaje espeso, formado por hojas de papel verde, descoloridas por la acción del tiempo.

El cuarto de Fernando estaba frente a una escalera de ladrillo que conducía a la cocina y a otros dos cuartos grandes, y que seguía después hasta terminar en un terrado.

La cama era de varias tablas sostenidas por dos bancos pintados de verde.

Indudablemente, doña Antonia, viendo a Fernan-

8

do tan preocupado y distraído, le había puesto en el peor cuarto de la casa.

Comía Ossorio casi siempre solo, mucho más temprano que los demás huéspedes.

En aquellas horas no solía haber en el comedor mas que una vieja, ciega y chocha, que tenía un aspecto de bruja de Goya, con la cara llena de arrugas y la barba de pelos, que hacía muecas y se reía hablando a un niño recién nacido que llevaba en brazos; la vieja solía venir con una muchachita, hija de la casa, de aspecto monjil, aunque muy sonriente, que muchas veces le servía la comida a Fernando.

Se sentaba la abuelita en una silla, la muchacha traía el niño, se lo entregaba a la vieja, y ésta pasaba horas y horas con él.

¡Qué de cosas se dirían sin hablarse aquellas dos almas! —pensaba Fernando—; y si, efectivamente, las almas primitivas son las que mejor pueden comunicarse sin la palabra, ¡qué de cosas no se dirían aquéllas!

Un día, mientras estaba comiendo, Fernando habló con la vieja:

—¿Es usted de Toledo? —le preguntó.

—No. Soy de Sonseca.

—¿Pero vive usted aquí?

—Unas veces aquí, con mi hijo; otras, con mi hija, en Sonseca.

—Esa criatura, ¿es su nieto?

—Sí, señor.

Entró la muchachita, la hija de la patrona, que servía algunas veces la mesa, y, dirigiéndose a la anciana, murmuró:

—Abuela, ¡a ver si no pone usted así al chico, que lo va usted a tirar al suelo!

—¿Es su abuela? —preguntó Ossorio a la muchacha.

—Sí. Es la madre de mi padre.

—¿Madre del dueño de la casa? Entonces, ¿tendrá muchos años?

—Figúrese usted —contestó, riendo—. Yo no sé los que tiene. Se lo voy a preguntar. Abuela, ¿cuántos años tiene usted?

—Más de setenta... y más de ochenta.

—No sabe —dijo la muchacha, volviendose a reír. Al reírse, sus ojos estaban llenos de guiños cándidos, enseñaba los dientecillos blancos y, a veces, entornaba los ojos, que entonces casi no se veían.

—Y usted, ¿cuántos años tiene? —le preguntó Fernando.

—¿Yo? Diez y ocho.

—Tiene usted un hermano, ¿verdad?

—Un hermano y una hermana.

—A la hermana no la he visto.

—Está en el Colegio de Doncellas Nobles.

—¡Caramba! Y el hermano, ¿estudia?

—Sí. Estudió para cura.

—¿Y ha dejado la carrera?

—No le gustaba. Mi padre quería que mi hermano fuese cura, y nosotras monjas; pero no queremos.

—Usted se querrá casar, claro.

—Sí; cuando tenga más años.

—Pero ya tiene usted edad de casarse. ¡A los diez y ocho años!

—¡Bah! A los diez y ocho años dice mi madre que sólo se casan las locas que no saben ni el arreglo de la casa.

—Pero usted ya lo sabe.

—Yo, sí; pero, ¿para qué me voy a casar tan pronto? —Y miró a Fernando con una expresión de alegría, de dulzura, de serenidad.

Para la muchacha aquella, lo único importante para casarse era saber el arreglo de la casa.

Era interesante la niña; sobre todo, muy mona. Se llamaba Adela.

A primera vista, no parecía una preciosidad; pero fijándose bien en ella, iban notándose perfecciones. Su cabeza rubia, de tez muy blanca, hubiera podido ser de un ángel de Rubens, algo anémico.

El cuerpo, a través del vestido, daba la impresión de ser blando, linfático, perezoso en sus movimientos.

Era la chica hacendosa por gusto, y se pasaba el día haciendo trabajos y diligencias, porque no le gustaba estar sin hacer nada.

No conocía las calles de Toledo. Se había pasado la vida sin salir de casa.

La mayor parte de los días, de las Capuchinas a casa, y de casa a las Capuchinas, era su único paseo. De vez en cuando, algún día de fiesta iba con su padre por el camino de la Fábrica, bajaban por cerca de la Diputación, tomaban por el presidio antiguo, a salir al paseo de Merchan, y volvían a casa. Esta era su vida.

Quizá aquel aislamiento le permitía tener un carácter alegre.

Fernando, que había notado que comiendo temprano le servía la comida Adela, porque la criada vieja solía estar ocupada, iba a casa antes de las doce. En la comida hablaba con la abuela de Sonseca y con Adela, y para disimularse el placer que esto le daba, se decía a sí mismo seriamente:

—Aprendo en las palabras de la vieja y de la niña la sencillez y la piedad.

XXII

A las dos o tres semanas de estar en casa de doña Antonia, comenzó Fernando a conocer y a intimar con los demás huéspedes.

Había dos curas en la casa, un muchacho teniente y un registrador de un pueblo inmediato, con su madre.

De los dos curas, el uno, don Manuel, tenía una cara ceñuda y sombría, abultada, de torpes facciones. Era hombre de unos cuarenta y cinco años, de cuerpo alto y robusto, de pocas palabras, y éstas con frecuencia acres y malhumoradas; parecía estar distraído siempre.

La patrona, en el seno de la confianza, suponía que estaba enamorado. Quizá estaba enamorado de alguien o de algo, porque se hallaba continuamente fuera de la realidad. Sin embargo, no tenía nada de místico.

Se contaba en la casa que, aunque cumplía siempre su misión escrupulosamente, no era muy celoso. Además, no confesaba nunca.

—Un día me tiene usted que confesar, don Manuel —le dijo la patrona.

—No, señora —le contestó don Manuel con violencia—; no tengo ganas de ensuciarme el alma.

El otro cura, don Pedro Nuño, era todo lo contrario de don Manuel: amable, sonriente, aficionado a la arqueología, pero aficionado con verdadero furor.

Ossorio fué a visitar una vez a este cura, y viendo
que le acogía muy bien, después de comer echaba
con él un párrafo, tocando de paso todos los puntos
humanos y divinos de la religión y de la ciencia.

El despacho de don Pedro Nuño daba por dos
ventanas a la calle, y era el mejor de la casa.

El suelo era de una combinación de ladrillos encarnados y blancos; en las paredes había un zócalo
de azulejos árabes.

Guardaba don Pedro en su gabinete un monetario
completo de monedas romanas que había coleccio-
nado en Tarragona, y una porción de libros viejos
encuadernados en pergamino.

A pesar de su afición por las cosas artísticas, tenía una noción clara, aunque un tanto desdeñosa,
de las actuales. Sin darse cuenta, era un volteriano.
La idea de arte había substituído en él toda idea
religiosa.

Si le dejaba hablar, y hablaba con mucha gracia,
con acento andaluz, duro, aspirando mucho las ha-
ches, se deslizaba hasta considerar la Iglesia como la
gran institución protectora de las artes y de las
ciencias, y se permitía bromas sobre las cosas más
santas. Si se trataba de atacar las ideas religiosas,
que él debía tener, aunque no las tenía, entonces se
le hubiera tomado por un fanático completo.

Más que la irreligiosidad —que en algunos no le
molestaba por completo, el *Diccionario Filosófico*,
de Voltaire, lo citaba mucho en sus escritos— le in-
dignaban algunas cosas nuevas; el neocristianismo
de Tolstoi, por ejemplo, del cual tenía noticias por
algunas críticas de revistas, le sacaban de quicio.

Para él, aquel noble señor ruso era un infatuado
y un vanidoso que tenía talento, él no lo negaba,

pero que el zar debía de obligarle a callar, metiéndolo en una casa de locos.

El mismo odio sentía por los autores del Norte, a quien no conocía y le molestaba que periodistas y y críticos españoles, en las revistas y en los periódicos, supieran que aquellos rusos y noruegos y dinamarqueses valieran más que los franceses, que los españoles e italianos.

Las mixtificaciones y exageraciones graciosas de los historiadores le encantaban.

Uno de los párrafos que le leyó a Fernando el primer día, sonriendo maliciosamente, era éste, de una *Historia de Toledo*, que estaba consultando:

«Vió que para albergar a la gran Casa de Austria en la ostentación magnífica que se porta, era su Real Alcázar nido estrecho; y así, en lo más salutífero de su territorio, y adonde con más anchura pudiese ostentar su Corte, le fabricó palacio. De suerte, que Madrid es como nuevo Alcázar de Toledo, un arrabal, un barrio, un retiro suyo, donde, como a desahogarse, se ha retirado toda la Grandeza y Nobleza de Toledo.»

De los otros huéspedes, el militar joven se pasaba la mayor parte del día en la Academia, en donde estaba destinado.

El otro, el registrador, don Teodoro, era un hombre humilde y triste. Su padre, minero de Cartagena, había prometido con cierto fervor religioso en algún momento de mala suerte que si una mina le daba resultado dotaría un asilo o una casa de beneficencia.

Efectivamente, le dió resultado la mina, y en vez de dotar el hospital, empezó a gastar dinero a troche y moche, tuvo tres o cuatro queridas, se arregló además con la criada de su casa, y como ésta quedara embarazada, quiso que su hijo se casara con ella.

Don Teodoro protestó, y con su madre se fué a Madrid, hizo oposiciones y las ganó.

Muchos de estos detalles le contaban a Fernando por la tarde en el cuarto en donde cosían las mujeres de la casa, incluso la vieja criada.

De aquellas conversaciones comprendía Ossorio claramente que Toledo no era ya la ciudad mística soñada por él, sino un pueblo secularizado, sin ambiente de misticismo alguno.

Sólo por el aspecto artístico de la ciudad podía colegirse una fe que en las conciencias ya no existía.

Los caciques, dedicados al chanchullo; los comerciantes, al robo; los curas, la mayoría de ellos con sus barraganas, pasando la vida desde la iglesia al café, jugando al monte, lamentándose continuamente de su poco sueldo; la inmoralidad, reinando; la fe, ausente, y para apaciguar a Dios, unos cuantos canónigos cantando a voz en grito en el coro, mientras hacían la digestión de la comida abundante, servida por alguna buena hembra.

XXIII

Comenzó a andar sin rumbo por las callejuelas en cuesta.

Se había nublado; el cielo, de color plomizo, amenazaba tormenta. Aunque Fernando conocía Toledo por haber estado varias veces en él, no podía orientarse nunca; así que fué sin saber el encontrarse cerca de Santo Tomé, y una casualidad hallar la iglesia abierta. Salían en aquel momento unos ingleses. La iglesia estaba obscura. Fernando entró. En la capilla, bajo la cúpula blanca, en donde se encuentra *El enterramiento del conde de Orgaz,* apenas se veía; una luz débil señalaba vagamente las figuras del cuadro. Ossorio completaba con su imaginación lo que no podía percibir con los ojos. Allá en el centro del cuadro veía a San Esteban, protomártir, con su áurea capa de diácono, y en ella, bordada la escena de su lapidación, y San Agustín, el santo obispo de Hipona, con su barba de patriarca blanca y ligera como humo de incienso, que rozaba la mejilla del muerto.

Revestidos con todas sus pompas litúrgicas, daban sepultura al conde de Orgaz y contemplaban la milagrosa escena, monjes, sacerdotes y caballeros.

En el ambiente obscuro de la capilla el cuadro aquel parecía una oquedad lóbrega, tenebrosa, habitada por fantasmas inquietos, inmóviles, pensativos.

Las llamaradas cárdenas de los blandones flotaban vagamente en el aire, dolorosas como almas en pena.

De la gloria, abierta al romperse por el Angel de la Guarda las nubes macizas que separan el cielo de la tierra, no se veían mas que manchones negros, confusos.

De pronto, los cristales de la cúpula de la capilla fueron heridos por el sol, y entró un torrente de luz dorada en la iglesia. Las figuras del cuadro salieron de su cueva.

Brilló la mitra obispal de San Agustín con todos
sus bordados, con todas sus pedrerías; resaltó sobre
la capa pluvial del santo obispo de Hipona la cabeza dolorida del de Orgaz, y su cuerpo, recubierto
de repujada coraza milanesa, sus brazaletes y guar-
dabrazos, sus manoplas, que empuñaron el fen-
diente.

En hilera colocados, sobre las rizadas gorgueras
españolas, aparecieron severos personajes, almas
de sombra, almas duras y enérgicas, rodeadas de
un nimbo de pensamiento y de dolorosas angustias.
El misterio y la duda se cernían sobre las pálidas
frentes.

Algo aterrado de la impresión que le producía
aquello, Fernando levantó los ojos, y en la gloria
abierta por el ángel de grandes alas, sintió descansar sus ojos y descansar su alma en las alturas donde mora la Madre rodeada de eucarística blancura en
el fondo de la Luz Eterna.

Fernando sintió como un latigazo en sus nervios,
y salió de la iglesia.

. . . .

XXIV

Un domingo por la mañana, al levantarse, vió
Fernando en casa a la otra hija de su patrona y hermana de Adela. Iba Teresa, la educanda del Colegio
de Doncellas Nobles, todos los domingos a pasar el
día con sus padres.

Mientras Ossorio se desayunaba, doña Antonia le explicó cómo logró conseguir una beca para su hija en el Colegio de Doncellas Nobles, por medio de don Pedro Nuño, que había hablado al secretario del arzobispo, y lo que había pagado por el equipo y la manera de vivir y demás condiciones de la fundación del Cardenal Siliceo.

El tener la chica en este Colegio halagaba a doña Antonia en extremo. Para ella era un bello ideal realizado.

Mientras doña Antonia daba todas estas explicaciones, que creía indispensables, entraron sus dos hijas, Adela y Teresa, la colegiala, la cual en seguida adquirió confianza con Ossorio.

—Tienen que ser hijas de Toledo para ir al Colegio —seguía diciendo doña Antonia—; si salen para casarse, las dan una dote, y si no se pueden casar, pasan allí toda su vida.

—No seré yo la que pase la vida allá con esas viejas —replicó Teresa, la colegiala—. ¡Que las den morcilla a todas ellas!

—Esta hija... es más repicotera. ¿Pues qué vas a hacer si no te casas?

—¡Como me casaré!

Teresa, la colegiala, era graciosa; tenía la estatura de Adela, la nariz afilada, los labios delgados, los ojos verdosos, los dientes pequeños y la risa siempre apuntando en los labios, una risa fuerte, clara, burlona; sus ademanes eran felinos. Repetía una porción de gracias que sin duda corrían por el Colegio, y las repetía de tal manera, que hacía reir.

A las primeras palabras que le dijo Fernando, le interrumpió ella diciéndole:

—¡Ay, qué risa con usted y con su suegra!

Teresa contó lo que pasaba en el Colegio.

La superiora era perrísima; la rectora también tenía más mal genio. Entre las mayores había una que dirigía la cocina; otras, las labores.

—Pero ¿viven ustedes todas juntas, o en cuartos?

—Cada una en su cuarto, y no nos reunimos mas que para comer y rezar. ¡Es más aburrido!... Cada cuatro jóvenes tienen una mayor que las dirige, a la que llamamos tía.

—Y usted, ¿qué piensa hacer? ¿Salir del colegio, para casarse o meterse monja?

—Sí, monja... de tres en celda —replicó Adela, creyendo que la frase debía de tener mucha malicia.

—Yo quisiera casarme —dijo Teresa— con un hombre muy rico. A mí me entusiasman las batas de color de rosa, y las perlas y los brillantes—. Luego, riéndose, añadió:—¡Ya sé que no me casaré sino con un pobretón! ¡Que les zurzan a los ricos con hilo negro!

—Pues yo —manifestó Adela— quisiera una casita en un cigarral y un marido que me quisiera muchísimo, y que yo le quisiera muchísimo, y que...

—Hija, qué perrísima eres —repuso la colegiala, y rodeó el cuello de Adela con su brazo y la atrajo hacia sí.

. —Déjame, muchacha.

—No quiero, de castigo.

—¿A que no puede usted con ella? —preguntó Fernando a Teresa, señalando a su hermana.

—¿Que no? ¡Vaya! Y la estrechó entre sus brazos, sujetándola y besuqueándola.

Era aquella Adelita muy decidida y muy valiente, no callaba nada de lo que la pasaba por la ima-

ginación. Volvieron a hablar Teresa y Adela de novios y de amoríos.

—¿Pero qué? —dijo Fernando—, ¿dos muchachas
tan bonitas como ustedes no tienen ya sus respecti-
vos galanes..., algún gallardo toledano; alguno de
Sonseca?...

—¿Los de Sonseca...? Son más cazuelos —contestó Teresa.

Durante todo el día oyó Fernando la charla de las
dos, interrumpida por carreras que daban por los
pasillos de la casa, y por no pocas discusiones y
riñas. Sobre todo, Adela, aquella muchacha tan valiente y decidida, era muy agradable y simpática.

—Yo no he estado en Madrid —le decía a Fernando antes de marcharse al colegio, con los ojos
verdes brillantes—. ¡Debe ser más bonito! —añadía
juntando las manos y sonriendo.

XXV

A los dos meses de estar en Toledo, Fernando se
encontraba más excitado que en Madrid.

En él influían de un modo profundo las vibraciones largas de las campanas, el silencio y la soledad
que iba a buscar por todas partes.

En la iglesia, en algunos momentos, sentía que se
le llenaban los ojos de lágrimas; en otros seguía
murmurando por lo bajo, con el pueblo, la sarta de
latines de una letanía o las oraciones de la misa.

El no creía ni dejaba de creer. El hubiese querido
que aquella religión tan grandiosa, tan artística, hubiera ocultado sus dogmas, sus creencias, y no se
hubiera manifestado en el lenguaje vulgar y frío de
los hombres, sino en perfumes de incienso, en murmullos del órgano, en soledad, en poesía, en silencio. Y así, los hombres, que no pueden comprender
la divinidad, la sentirían en su alma, vaga, lejana,
dulce, sin amenazas, brisa ligera de la tarde que re-
fresca el día ardoroso y cálido.

Y, después, pensaba que quizá esta idea era de
un gran sensualismo, y que en el fondo de una religión así, como él la señalaba, no había mas que el
culto de los sentidos. Pero, ¿por qué los sentidos habían de considerarse como algo bajo, siendo fuentes
de la idea, medios de comunicación del alma del
hombre con el alma del mundo?

Muchas veces, al estar en la iglesia, le entraban
grandes ganas de llorar, y lloraba.

—¡Oh! Ya estoy purificado de mis dudas —se
decía a sí mismo—. Ha venido la fe a mi alma.

Pero, al salir de la iglesia a la calle, se encontraba sin un átomo de fe en la cabeza. La religión producía en él el mismo efecto que la música: le hacía
llorar, le emocionaba con los altares espléndidamen-
te iluminados, con los rumores del órgano, con el silencio lleno de misterio, con los borbotones de humo
perfumado que sale de los incensarios.

Pero que no le explicaran, que no le dijeran que
todo aquello se hacía para no ir al infierno y no que-
marse en lagos de azufre líquido y calderas de pez
derretida; que no le hablasen, que no le razonasen,
porque la palabra es el enemigo del sentimiento; que
no trataran de imbuírle un dogma; que no le dijeran

que todo aquello era para sentarse en el paraíso al lado de Dios, porque él, en su fuero interno, se reía de los lagos de azufre y de las calderas de pez, tanto como de los sillones del paraíso.

La única palabra posible era amar. ¿Amar qué? Amar lo desconocido, lo misterioso, lo arcano, sin definirlo, sin explicarlo. Balbuciar como un niño las palabras inconscientes. Por eso la gran mística Santa Teresa había dicho: *El infierno es el lugar donde no se ama.*

En otras ocasiones, cuando estaba turbado, iba a Santo Tomé a contemplar de nuevo el *Enterramiento del Conde de Orgaz*, y le consultaba e interrogaba a todas las figuras.

Una mañana, al salir de Santo Tomé, fué por la calleja del Conde a una explanada con un pretil.

Andaban por allí unos cuantos chiquillos que jugaban a hacer procesiones: habían hecho unas andas y colocado encima una figurita de barro, con manto de papel y corona de hoja de lata. Llevaban las microscópicas andas entre cuatro chiquillos; por delante iba el pertiguero con una vara con su contera y sus adornos de latón, y, detrás, varios chicos y chicas con cerillos y otras con cabos de vela.

Fernando se sentó en el pretil.

Enfrente de donde estaba había un gran caserón, adosado a la iglesia, con balcones grandes y espaciados en lo alto, y ventanas con rejas en lo bajo.

Fernando se acercó a la casa, metió la mano por una reja, y sacó unas hojas rotas de papel impreso. Eran trozos de los ejercicios de San Ignacio. En la disposición de Fernando, aquello le pareció una advertencia.

Callejeando, salió a la puerta del Cambrón, y,

desde allá, por la Vega Baja, hacia la puerta Visagra.

Era una mañana de octubre. El paisaje allí, con
los árboles desnudos de hojas, tenía una simplici-
dad mística. A la derecha veía las viejas murallas
de la antigua Toledo; a la izquierda, a lo lejos, el
río con sus aguas de color de limo; más lejos, la
fila de árboles que lo denunciaban, y algunas casas
blancas y algunos molinos de orillas del Tajo. Enfrente, lomas desnudas, algo como un desierto místico; a un lado, el hospital de Afuera, y, partiendo
de aquí, una larga fila de cipreses, que dibujaba
una mancha alargada y negruzca en el horizonte. El
suelo de la Vega estaba cubierto de rocío. De algunos montones de hojas encendidas salían bocanadas
de humo negro, que pasaban rasando el suelo.

Un torbellino de ideas melancólicas giraba en el
cerebro de Ossorio, informes, indefinidas. Se fué
acercando al hospital de Afuera, y en uno de los
bancos de la Vega se sentó a descansar. Desde allá
se veía Toledo, la imperial Toledo, envuelta en nie-
blas, que se iban disipando lentamente, con sus torres y sus espadañas y sus paredones blancos.

Fernando no conocía de aquellas torres mas que
la de la catedral; las demás las confundía; no podía
suponer de dónde eran.

Acababan de abrir la puerta del hospital de
Afuera.

Fernando recordaba que allí dentro había algo,
aunque no sabía qué.

Atravesó el zaguán y pasó a un patio con galerías
sostenidas por columnas a los lados, lleno de silencio, de majestad, de tranquilo y venerable reposo.
Estaba el patio solitario; sonaban las pisadas en las

losas, claras y huecas. Enfrente había una puerta abierta, que daba acceso a la iglesia. Era ésta grande y fría. En medio, cerca del presbiterio, se destacaba la mesa de mármol blanco de un sepulcro. A un lado del altar mayor, una hermana de la Caridad, subida en una escalerilla, arreglaba una lámpara de cristal rojo. Su cuerpo, pequeño, delgado, cubierto de hábito azul, apenas se veía; en cambio, la toca, grande, blanca, almidonada, parecía las alas blancas e inmaculadas de un cisne.

A la derecha del altar mayor, en uno de los colaterales, había un cuadro del Greco, resquebrajado; las figuras, todas alargadas, extrañas, con las· piernas torcidas.

A Fernando le llamó la atención; pero estaba más impresionado por el sepulcro, que le parecía una concepción de lo más genial y valiente.

La cara del muerto, que no podía verse mas que de perfil, producía verdadera angustia. Estaba, indudablemente, sacada de un vaciado hecho en el cadáver; tenía la nariz curva y delgada; el labio superior, hinchado; el inferior, hundido; el párpado cubría a medias el ojo, que daba la sensación de ser vidrioso.

La hermana de la Caridad se le acercó, y con acento francés le dijo:

—Es el sepulcro del cardenal Tavera. Ahí está el retrato del mismo, hecho por el Greco.

Fernando entró en el presbiterio.

Al lado derecho del altar mayor estaba: era un marco pequeño que encerraba un espectro, de expresión terrible, de color terroso, de frente estrecha, pómulos salientes, mandíbula afilada y prognata. Vestía muceta roja, manga blanca debajo; la mano derecha, extendida junto al birrete cardenalicio; la izquierda, apoyada despóticamente en un libro. Salió Fernando de la iglesia y se sentó en un banco del paseo. El sol salía del seno de las nubes, que lo ocultaban.

Veíase la ciudad destacarse lentamente sobre la colina en el azul puro del cielo, con sus torres, sus campanarios, sus cúpulas, sus largos y blancos lienzos de pared de los conventos, llenos de celosías, sus tejados rojizos, todo calcinado, dorado por el sol de los siglos y de los siglos; parecía una ciudad de cristal en aquella atmósfera tan limpia y pura. Fernando soñaba y oía el campaneo de las iglesias que llamaban a misa.

El sol ascendía en el cielo; las ventanas de las casas parecían llenarse de llamas. Toledo se destacó en el cielo lleno de nubes incendiadas..., las colinas amarillearon y se doraron, las lápidas del antiguo camposanto lanzaron destellos al sol... Volvió Fernando hacia el pueblo, pasó por la puerta Visagra y después por la del Sol. Desde la cuesta del Miradero se veía la línea valiente formada por la iglesia mudéjar de Santiago del Arrabal, dorada por el sol; luego, la puerta Visagra, con sus dos torres, y al último, el hospital de Afuera.

XXVI

Aquella misma tarde, en una librería religiosa de la calle del Comercio, compró Fernando los ejercicios de San Ignacio de Loyola.

Sentía al ir a su casa verdadero terror y espanto, creyendo que aquella obra iba a concluír de perturbarle la razón.

Llegó a casa, y en su cuarto se puso a leer el libro con detenimiento.

Creía que cada palabra y cada frase estampadas allí debían de ser un latigazo para su alma.

Poco a poco, a medida que avanzaba en la lectura, viendo que la obra no le producía el efecto esperado, dejó de leer y se propuso reflexionar y meditar en todas las frases aquéllas, palabra por palabra.

Al día siguiente reanudó la lectura, y el libro le siguió pareciendo la producción de un pobre fanático ignorante y supersticioso.

A Fernando, que había leído el *Eclesiastés*, le parecían los pensamientos del obscuro hidalgo vascongado sencillas vulgaridades.

El infierno, en aquel librito, era el lugar tremebundo pintado por los artistas medievales, por donde se paseaba el demonio con su tridente y sus ojos llameantes y en donde los condenados se revolvían entre el humo y las llamas, gritando, aullando, en calderas de pez hirviente, lagos de azufre, montones de gusanos y de podredumbre.

Una página de Poe hubiera impresionado más a Fernando que toda aquella balumba terrorífica. Pero, a pesar de esto, había en el libro, fuera del elemento intelectual, pobre y sin energía, un fondo de voluntad, de fuerza; un ansia para conseguir la dicha ultraterrena y apoderarse de ella, que Ossorio se sintió impulsado a seguir las recomendaciones del santo, si no al pie de la letra, al menos en su espíritu.

—¿Habré nacido yo para místico? —se preguntaba Fernando algunas veces. Quién sabe si estas locuras que he tenido no eran un aviso de la Providencia. Debo ser un espíritu religioso. Por eso, quizá, no me he podido adaptar a la vida. Busquemos el descubrir lo que hay en el fondo del alma; debajo de las preocupaciones; debajo de los pensamientos; más allá del dominio de las ideas.

Y a medida que iban pasando los días tenía necesidad de sentir la fe que le atravesara el corazón como con una espada de oro.

Tenía, también, la necesidad de humillarse, de desahogar su pecho llorando, de suplicar a un poder sobrenatural, a algo que pudiera oírle, aunque no fuera personalizado.

XXVII

Un día que Fernando paseaba en el Zocodover, vió venir hacia él un muchacho teniente, amigo suyo, que se le acercó, le alargó la mano y se la apretó con efusión.

—Fernando, ¿tú por aquí?

Ossorio conocía desde niño al teniente Arévalo, pero no con gran intimidad.

Se pusieron a charlar, y al irse para casa Fernando dijo al teniente:

—No te convido a comer, porque aquí se come bastante mal.

—Hombre, no importa; vamos allá.

A Fernando le molestaba Arévalo, porque pensaba que querría darse tono entre la gente bonachona y silenciosa de la casa de huéspedes. Se sentaron a la mesa. El teniente habló de la vida de Toledo; de los juegos de ajedrez en el café Imperial; de los paseos por la Vega. En el teatro de Rojas no se sostenían las compañías.

Había ido una que echaba dos dramas por función; pusieron el precio de la butaca a seis reales y no fué nadie.

Sólo los sábados y los domingos había una buena entrada en el teatro. En el pueblo no había sociedad, la gente no se reunía, las muchachas se pasaban la vida en su casa.

Se interrumpió el teniente para hacer una pregunta de doble intención a Adela, la hija de la casa, que le contestó sin malicia alguna.

—Deja ya a la muchacha —le dijo irritado Fernando.

—¡Ah! vamos. Te gusta y no quieres que otro la diga nada. Bueno, hombre, bueno; por eso no reñiremos —y el teniente siguió hablando de la vida de Toledo con verdadera rabia.

Salieron Arévalo y Ossorio a pasear. Arévalo quería llevar a Fernando a cualquier café y pasarse allí la tarde jugando al dominó. Fueron bajando hacia la Puerta del Sol. Junto a ésta había una casita pequeña de color de salmón, con las ventanas cerradas, y el teniente propuso entrar allí a Fernando.

—¿Qué casa es ésta? —dijo Ossorio.

—Es una casa de muchachas alegres. La casa de la Sixta. Una mujer que baila la danza del vientre que es una maravilla. ¿Vamos?

—No.

—¿Has hecho voto de castidad?

—¿Por qué no?

—Chico, tú no estás como antes —murmuró el teniente—. Has variado mucho.

—Es posible.

—¿Y quieres que pasemos la tarde andando por callejuelas en cuesta? Pues es un porvenir, chico.

Fernando estuvo por decirle que le dejara y se fuese; pero se calló, porque Arévalo creia que era una obligación suya impedir que Fernando se aburriera.

—¡Hombre! —dijo el teniente— tengo un proyecto; vamos al Gobierno civil.

—¿A qué?

—Veremos al gobernador. Es un hombre muy barbián.

Fernando trató de oponerse, pero Arévalo no dió su brazo a torcer. Habían de ir donde decía él o si no se incomodaba.

Se fueron acercando al Gobierno civil. Atravesaron un corredor que daba la vuelta a un patio; subieron por una escalera ruinosa y preguntaron por el gobernador.

No se había levantado aún.

—Sigue madrileño —murmuró el teniente sonriendo.

Podían pasar al despacho; Arévalo hizo algunas consideraciones humorísticas acerca de aquel gobernador refinado, amigo de placeres, gran señor en sus hábitos y costumbres, que dormía a pierna suelta en el enorme y destartalado palacio a las tres de la tarde.

El despacho del gobernador era un salón grande, tapizado de rojo, con dos balcones. En el testero principal había un retrato al óleo de Alfonso XII; unos cuantos sillones y divanes, una mesa de ministro debajo del retrato y dos o tres espejos en las paredes.

En medio de la sala zumbaba una estufa encendida. Como hacía mucho calor, Arévalo abrió un balcón y se sentó cerca de él. Desde allá se veía un entrelazamiento de tejados con las tejas cubiertas de musgos que brillaban con tonos amarillentos, verdosos y plateados. Por encima de las casas, como si fueran volando por el aire, se presentaban las blancas estatuas del remate de la fachada del Instituto. Se oían las campanas de alguna iglesia que retumbaban lentamentamente, dejando después de sonar una larga y triste vibración.

—Esto me aplasta —dijo Arévalo irritado—. ¡Qué silencio más odioso!

Fernando no le contestó

Al poco rato entró un señor flaco, de bigote gris, en el despacho.

El teniente y él se saludaron con afecto, y después Arévalo se lo presentó a Fernando como escritor, sociólogo y pedagogo.

—¿No se ha levantado el gobernador? —preguntó el pedagogo.

—No; todavía, no. Sigue tan madrileño.

—Sí; conserva las costumbres madrileñas. Yo ahora me levanto a las siete. Antes, en Madrid, me levantaba tarde.

Después, encarándose con Fernando, le dijo:

—¿A usted le gusta Toledo?

—¡Oh! Sí. Es admirable.

—¡Ya lo creo!

Y el pedagogo fué barajando palabras de arquitectura y de pintura con un entusiasmo fingido.

En esto entró el gobernador, vestido de negro.

Era un hombre de mediana estatura, de barba negra, ojos tristes, morunos, boca sonriente y voz gruesa.

Saludó a Arévalo y al otro señor, cambió unas cuantas frases amables con Fernando, se sentó a la mesa, hizo sonar un timbre, y al conserje que se presentó le dijo:

—Que vengan a la firma.

Se presentaron unos cuantos señores, con un montón de expedientes debajo del brazo, y el gobernador empezó a firmar vertiginosamente.

—¿Ve usted ese retrato de Alfonso XII? —dijo a Fernando el pedagogo—. Pues es todo un símbolo de nuestra España.

—¡Hombre! Y ¿cómo es eso?

—Es un retrato que tiene su historia. Fué primitivamente retrato de Amadeo, vestido de capitán general; vino la República, se arrinconó el cuadro y sirvió de mampara en una chimenea; llegó la Restauración, y el gobernador de aquella época mandó borrar la cabeza de Amadeo y substituírla por la de Alfonso. Es posible que ésta de ahora sea substituída por alguna otra cabeza. Es el símbolo de la España.

No había acabado de décir esto, cuando entró el secretario en la sala y habló al oído del gobernador.

—Que esperen un poco, y cuando concluya de firmar que pasen —dijo éste.

Se retiraron los empleados con sus mamotretos debajo del brazo, y entraron en la sala los individuos de una comisión del Ayuntamiento de un pueblo que venían a quejarse del cura de la localidad.

El gobernador, volteriano en sus ideas, engrosó la

voz y les dijo que él no podía hacer nada en aquel asunto.

¿Creían que el cura había faltado? Pues le procesaban, instruían expediente y le llevaban a presidio.

Los del Ayuntamiento, que comprendían que nada de aquello se podía hacer, marcharon cabizbajos y cariacontecidos.

Al salir éstos, entró un señor grueso, bajito, muy elegante, con botas de charol y chaleco blanco, que habló a media voz y riéndose con el gobernador.

Concluyó diciendo:

—Usted hace lo que quiera; a mí me los han recomendado las monjas.

El gobernador hizo sonar el timbre, entró su secretario y le dijo:

—Diga usted a esos señores que pasen.

Aparecieron dos curas en la puerta y saludaron a todos haciendo grandes zalemas.

—¿Cómo está su excelencia?

—No me den ustedes tratamiento —dijo el gobernador, después de estrechar las manos a los dos—. Vamos aquí.

Y se fué a hablar con ellos al hueco de uno de los balcones.

El grupo del teniente Arévalo, el pedagogo y Fernando se había engrosado con el señor gordo de de las botas de charol y del chaleco blanco.

Ossorio, interrogado por el pedagogo, contó la impresión que le había producido un convento al amanecer.

El señor bajo y gordo, que dijo que era médico, al oír que Ossorio creía en la espiritualidad de las monjas, dijo con una voz impregnada de ironía:

—¡Las monjas! Sí; son casi todas zafias y sin

educación alguna. Ya no hay señoritas ricas y educadas en los conventos.

—Sí. Son mujeres que no tienen el valor de hacerse lavanderas —afirmó el pedagogo— y vienen a los conventos a vivir sin trabajar.

—Yo las insto —continuó el señor grueso— para que coman carne. ¡Ca! Pues no lo hacen. Mueren la mar; como chinches. Luego ya no tienen ni dinero, ni rentas; viven diez o doce en caserones grandes como cuarteles, en unas celdas estrechas, mal olientes, con el piso de piedra, sin que tengan ni una esterilla, ni nada que resguarde los pies de la frialdad.

—A mí me gustaría verlas —dijo el teniente—. Debe de haber algunas guapas.

—No, no lo crea usted. Si no estuviéramos en Adviento —replicó el médico—, yo les llevaría a ustedes; pero ya no tiene interés.

De pronto se oyó la voz de uno de los curas que, en tono de predicador decía: —Todo el mundo tiene derecho a ser libre menos la Iglesia, y ¿esa es la libertad tan decantada?

El gobernador le dijo que hiciera lo que quisiese, que él no había de tomar cartas en el asunto, y les acompañó a los dos curas hasta la puerta.

El teniente y Fernando se despidieron del gobernador; y éste les invitó a comer con él, dos días después.

XXVIII

Entraron en el comedor, provisionalmente alhajado. Era ya el anochecer. Se sentaron a la mesa, además del anfitrión, el médico grueso, el teniente Arévalo y Fernando.

La conversación revoloteó sobre todos los asuntos, hasta que fué a parar en los atentados anarquistas.

Arévalo señaló a Ossorio como uno de tantos demagogos partidarios de la destrucción en el terreno de las ideas.

El pedagogo se sintió indignado, y entonces el gobernador le dijo:

—Pero si aquí todos somos anarquistas.

El pedagogo anunció que iba a hacer un libro en el cual plantearía, como única base de la sociedad, ésta: El fin del hombre es vivir.

Los cuatro comensales, en vez de encontrar la base social hallada por el pedagogo firme y sólida, la creyeron digna de la chacota y de la broma.

—Pues, sí, señor; es la única base social: El fin del hombre es vivir. Es verdad que esta frase puede representar lo más egoísta y mezquino si se dice: El fin de cada hombre es vivir.

A pesar del distingo, todos rieron a costa de la base social tan importante y trascendentalísima.

De esta cuestión, mezclada con ideas políticas y sociales, se pasó a hablar del arzobispo de Toledo.

Uno decía que era un hereje, otro que un modernista. Arévalo se encogió de hombros: él creía que el cadernal arzobispo era un majadero; se aseguraba que creía en la sugestión a distancia y en el hipnotismo, y que deseaba que el clero español estudiara y se instruyese.

Con este objeto enviaba a algunos curas jóvenes al extranjero.

Había tenido la idea de fundar un gran periódico demócrata y católico al mismo tiempo; pero ninguno de los obispos y arzobispos le secundó, y el de Sevilla dijo que aquél era el camino de la herejía.

Se empezaron a contar anécdotas del arzobispo.

A uno le había dicho:

—¡Ríase usted de los masones! Eso es un espantago que inventan los reaccionarios.

A un canónigo muy ilustrado le dijo, en confianza, que, entre San Pablo y San Pedro, él hubiera elegido a San Pablo.

Era un hombre demócrata que hablaba con las mujeres de la calle. Arévalo seguía encogiéndose de hombros y creyendo que era un majadero.

El pedagogo dijo que el anterior arzobispo, conociendo los instintos ambiciosos del actual, decía:

—Si él es *Lagartijo,* yo soy *Frascuelo.*

Se celebró la anécdota tanto como la exposición de la base social.

—En tiempo de agitación —concluyó diciendo el médico— este arzobispo sería capaz de hacer independiente de Roma la Iglesia española y erigirse Papa.

Se habló de las ventajas que esto tendría para Toledo, y después se discutió si esta ciudad tenía verdadero carácter místico.

El gobernador aseguró que el pueblo castellano no era un pueblo artista.

Decía que Toledo, lo mismo que está puesto en medio de la Mancha, podía estar en medio de Marruecos, repleto de obras artísticas de maestros alemanes, italianos, griegos, o discípulos de éstos, sin que el pueblo las admirase, proviniendo aquel arte del instinto de lujo de los cabildos.

Así, en Toledo se advertía un arte de aluvión, sin raíz en la tierra manchega, adusta, seca, antiartística.

Arévalo no veía en Toledo mas que una ciudad aburrida, una de las muchas capitales de provincia española donde no se puede vivir.

El pedagogo la llamaba la ciudad de la muerte: era el título que, según él, mejor cuadraba a Toledo.

Después se citó al Greco. Alguien contó que dos pintores impresionistas, uno catalán y el otro vascongado, habían ido a ver el *Entierro del conde de Orgaz* de noche, a la luz de los cirios.

—¿Vamos nosotros, a ver qué efecto hace? —dijo Arévalo.

—Vamos —repuso el gobernador—. Que le avisen al sacristán para que nos abra.

Hizo sonar el timbre, dió recado a un portero, se levantaron todos de la mesa y se pusieron los gabanes.

Fernando se estremeció sin saber por qué. Le parecía una irreverencia monstruosa ir a ver aquel cuadro con el cerebro enturbiado por los vapores del vino. Pensaba en aquella ciudad de sus sueños, llena de recuerdos y de tradiciones, poblada por la burguesía estúpida, gobernada espiritualmente por un cardenal *baudeleresco* y un gobernador volteriano.

Al salir del Gobierno era de noche. Se dirigieron por las callejuelas tortuosas hacia Santo Tomé.

La puerta de la iglesia estaba entornada; fueron entrando todos. El sacristán tenía encendidos los dos ciriales, y, entre él y su hijo, los levantaron hasta la altura del cuadro.

Fuera por excitación de su cerebro o porque las llamaradas de los cirios iluminaban de una manera tétrica las figuras del cuadro, Ossorio sintió una impresión terrible, y tuvo que sentarse en la obscuridad, en un banco, y cerrar los ojos.

Salieron de allá; fueron al Gobierno civil, y en la puerta se despidieron.

Fernando tenía la seguridad de que no podría dormirse, y comenzó a dar vueltas y vueltas por el pueblo. Se encontró en los alrededores de la cárcel. Bordeó el Tajo por un camino alto. En el fondo de ambas orillas brillaba el río como una cinta de acero a la luz vaga del anochecer, unida a la luz de la luna.

Al seguir andando se veía ensancharse el río y se divisaban las casitas blancas de los molinos; después, cerca de las presas, las orillas del Tajo se estrechaban entre paredones amarillentos cortados a pico.

Se hizo de noche, y la luna se levantó en el cielo, iluminando los taludes pedregosos de las orillas, e hizo brillar con un resplandor de azoge al río estrecho, encajonado en una angosta garganta, y que luego se veía extenderse por la vega.

Fernando sentía el vértigo al mirar para abajo al fondo del barranco, en donde el río parecía ir limando los cimientos de Toledo.

Siguió hacia el puente de Alcántara. El agua saltaba en la presa, tranquila, sin espuma; brillaban luces rojas en el fondo del río; más lejos, parpadeaban las luces en la barriada baja de las Covachuelas.

Sobre un monte, a la luz de la luna, se perfilaba, escueta y siniestra, la silueta de una cruz, que Fernando creyó que le llamaba con sus largos brazos.

XXIX

Un día, muy de mañana, fué al convento de Santo Domingo el Antiguo, *Divo Dominicus Silæcensis.*

La puerta de la iglesia se encontraba todavía cerrada. Enfrente había una casa de un piso, y en el balcón, una mujer con una niña en brazos. Preguntó a ésta cuándo abrían la iglesia, y la mujer le dijo que no tardarían mucho, que lo preguntara en la portería del convento, al otro lado.

Dió Fernando la vuelta, y en un portal, sobre cuyo dintel se veía una imagen en una hornacina y en un azulejo el nombre del convento, escrito en letras azules, entró y llamó en la portería.

Una mujer que salió le dijo:

—Llame usted por el torno y pida usted permiso a las monjas para entrar.

Fernando se acercó al torno y llamó. Al poco tiempo oyóse la voz de la hermana tornera, que le preguntaba qué quería.

Fernando expresó su deseo.

—Se lo preguntaré a la madre superiora —contestó la monja.

Mientras esperaba, Fernando paseó por el zaguán, en donde sonaban sus pisadas como en hueco.

Por el montante de una puerta se veía parte del jardín del convento.

Al poco tiempo se oyó la voz de la monja, que preguntaba:

—¿Está usted ahí?

—Sí, hermana.

—La madre superiora dice que puede usted pasar, siempre que entre en la iglesia con el respeto debido y haga todas las reverencias ante el Santísimo Sacramento.

—Descuide usted, hermana, las haré.

Se separó del torno al decir esto; advirtió a la portera la respuesta afirmativa de la monja; tomó ésta una llave grande, y le dijo a Fernando:

—Bueno, vámonos.

Salieron a dar la vuelta al convento.

—¿Cuántas monjas hay aquí? —preguntó Fernando.

—No hay mas que trece desde hace muchísimo tiempo.

—¿Es que no viene ninguna nueva a profesar?

—Sí, han venido varias, pero ha dado la casualidad de que, cuando se han reunido catorce, ha muerto alguna, y han vuelto a ser trece.

—Es extraño.

Dieron vuelta al convento, hasta llegar a la plaza, en la cual estaba colocada la iglesia.

Fernando tomó el agua bendita, y se arrodilló delante del altar.

Fué mirando los cuadros.

En el retablo mayor, tallado y esculpido por el Greco, en el intercolumnio, se veía, medio oculto por un altarcete de mal gusto, un cuadro del Greco, con figuras de más de tamaño natural, firmado en latín.

Recordó que le habían dicho que aquel cuadro no era del Greco, sino la copia de otro que había estado en aquel lugar, y que se lo había llevado, con el asentimiento de las monjas, un infante de España.

Admiró después, en los retablos colaterales, dos cuadros que le parecieron maravillosos: una *Resurrección* y un *Nacimiento*, y se acercó al púlpito de la iglesia a ver una *Verónica* pintada al blanco y negro.

Al acercarse al púlpito vió frente al altar mayor, en la parte de atrás de la iglesia, dos rejas de poca altura, y, a través de ellas, el coro, con una sillería de madera tallada y el techo lleno de artesonados admirables.

En el ambiente obscuro se veían tres monjas arrodilladas, con el manto blanco como el plumaje de una paloma y la toca negra sobre la cabeza. A la luz tamizada y dulce que entraba cernida por las grandes cortinas del coro, aquellas figuras tenían la simetría y el contraste fuerte de claro-obscuro de un cuadro impresionista.

Haciendo como que contemplaba el cuadro de la Verónica, Ossorio se fué acercando a una de las rejas distraídamente, y, cuando estaba cerca, miró hacia el interior del coro.

Las tres monjas le lanzaron una ojeada escrutadora.

La abadesa tuvo una mirada de desdén observador; otra de las monjas miró con curiosidad, y la tercera lanzó a Fernando una mirada con sus ojos negros llenos de pasión, de tristeza y de orgullo. No fué mas que un momento, pero Fernando sintió aquella mirada en lo más íntimo de su alma.

La superiora se levantó de su sillón y extendió los brazos para colocar bien su hábito, como un pájaro blanco que extiende las alas; las otras dos monjas la siguieron sin volver el rostro.

Después, en los días posteriores, iba Fernando, por la mañana temprano, a oír la misa del convento.

En la iglesia, que solía oler a cerrado, no había mas que algunas viejas enlutadas y algunos ancianos.

Fernando oía la misa, se colocaba cerca de la doble reja del coro, y veía a la monja a poca distancia suya, rezando, con la toca negra, que servía de marco a una cara delgada, fina, de ojos brillantes, valientes y orgullosos. Sus manos eran huesudas, con los dedos largos, delgados, que, al cruzarse los de una mano con la otra para rezar, formaban como un montón blanco de huesos.

Un día Fernando se decidió a escribir a la monja. Lo hizo así, y fué a la portería del convento a convencer a la portera para que entregase la carta a la monja.

Por la conversación que tuvo con la portera, comprendió que no haría nunca lo que él deseaba.

Lo único que averiguó fué que la monja pálida, de ojos negros, alta y delgada, se llamaba la hermana Desamparados, y que era la que tocaba el órgano y el armonium en las fiestas.

Todos los días Ossorio iba dispuesto a entregarle

una carta rabiosa, proponiéndola escaparse de allá con él, que estaba dispuesto a todo.

Se sentía a veces con fuerza para hacer un disparate muy grande; otras, se sentía débil como un niño.

Le indignaba pensar que aquella mujer, en cuyos ojos se leía el orgullo, la pasión, tuviera que vivir encerrada entre viejas imbéciles, sufriendo el despotismo de la superiora, atormentada por pensamientos de amor, sin ver el cielo azul.

Una mañana, después de misa, Fernando vió a la hermana Desamparados rezando en un reclinatorio, cerca de la verja. En el coro no había mas que otra monja. La superiora no estaba.

Fernando, haciendo como que miraba a un altar, con la mano izquierda introdujo la carta por la reja.

La hermana Desamparados, al notar el movimiento, indicó con los ojos a Fernando algo como una señal de alarma. Entonces, de pronto, Ossorio vió levantarse a la otra monja, una vieja negruzca de cara terrosa, y acercarse a la reja con una expresión tan terrible en la mirada, que quedó perplejo. A pesar de esta perplejidad, tuvo tiempo para meter la mano entre las rejas y recoger la carta. Después miró tranquilamente a la vieja, que parecía un espectro, una cara de loca, alucinada y furiosa, y, volviéndose hacia la puerta, huyó con rapidez.

Al día siguiente, Fernando ya no vió a la hermana Desamparados, y en los días posteriores, tampoco. A veces, el armonium cantaba, y en sus notas creía ver Fernando las quejas de aquella mujer de la cara pálida, de los ojos negros llenos de fuego y de pasión.

XXX

Días después, Fernando buscó por todas partes al teniente Arévalo, hasta que lo encontró.

—Chico —le dijo—, necesito de ti. Tengo un aburrimiento mortal. Llévame a alguna parte que tú conozcas.

—Veo que vuelves al buen camino. Comeremos hoy en casa de Granullaque platos regionales, nada más que platos regionales. Te presentaré dos muchachas que conozco muy amables. Si quieres, las convidamos a comer, ¿eh?

—Sí.

—Bueno. Entonces yo preparo todo, y tú me esperas en tu casa, adonde iré a recogerte.

A las tres de la mañana se retiraron los dos amigos.

Al otro día se levantó Fernando a las doce, y no pudo asistir, como acostumbraba, a la misa del convento.

Se encontraba débil, turbado, sin fuerzas.

Apenas pudo comer, y después de levantarse de la mesa se dirigió en seguida al convento por ver si la iglesia estaba abierta, como domingo; pero, viendo que no lo estaba, comenzó a pasearse por las callejuelas próximas.

Cerca había una plaza triste, solitaria, a la cual se llegaba recorriendo dos estrechos pasadizos, obscuros y tortuosos.

A un lado de la plaza se veía la fachada de una

iglesia con pórtico bajo, sostenido por columnas de piedra y cubierto con techumbres de tejas llenas de musgos.

En los otros lados, altas paredes de ladrillo, con una fila de celosías junto al alero, puertas hurañas, ventanucas con rejas carcomidas en la parte baja... Un silencio de campo reinaba en la plazoleta; el grito de algún niño o las pisadas del caballo de algún aguador, que otras veces turbaban el callado reposo, no sonaban en el aire tranquilo de aquella tarde dominguera, plácida y triste. El cielo estaba azul, limpio, sereno; de vez en cuando llegaba de lejos el murmullo del río, el cacareo estridente de algún gallo.

Mecánicamente Ossorio volvía hacia el convento y le daba vueltas. Una de las veces advirtió un rumor a rezo que salía de las celosías, y después el tintineo de una campanilla.

Una impresión de tristeza y de nostalgia acometió su espíritu, y escuchó durante algún tiempo aquellos suaves murmullos de otra vida.

Inquieto e intranquilo, sin saber por qué, con el corazón encogido por una tristeza sin causa, sintió una gran agonía en el espíritu al oír las vibraciones largas de las campanas de la catedral, y hacia la santa iglesia encaminó sus pasos.

Era la hora de vísperas. La gran nave estaba negra y silenciosa. Fernando se arrodilló junto a una columna. Sonó una hora en el gran reloj, y comenzaron a salir curas y canónigos de la sacristía y a dirigirse al coro.

Resonó el órgano; se vieron brillar en la obscuridad, por debajo de los arcos de la sillería, tallados por Berruguete, luces y más luces.

Después, precedidos por un pertiguero con peluca blanca, calzón corto y la pértiga en la mano, que resonaba de un modo metálico en las losas, salieron varios canónigos con largas capas negras, acompañando a un cura revestido de capa pluvial.

A los lados iban los monaguillos; en el aire obscuro de la iglesia se les veía avanzar a todos como fantasmas, y las nubes de incienso subían al aire.

Toda la comitiva entró en la capilla mayor; se arrodillaron frente al altar, y el que estaba revestido con la capa pluvial, de líneas rígidas como las de las imágenes de las viejas pinturas bizantinas, tomó el incensario e incensó varias veces el altar.

Luego se dirigieron todos a la sacristía; desaparecieron en ella, y al poco rato volvieron a salir para entrar en el coro. Y empezaron los cánticos, tristes, terribles, sobrehumanos... No había nadie en la iglesia; sólo de vez en cuando pasaba alguna negra y tortuosa sombra.

Al salir Ossorio a la calle recorrió callejuelas buscando en el silencio, lleno de misterio, de las iglesias emoción tan dulce que hacía llegar las lágrimas a los ojos, y no la encontró.

Callejeando apareció en la puerta del Cambrón, después de pasar por cerca de Santa María la Blanca, y desde allá, por la Vega, fué a la puerta Visagra, y paseó por la explanada del hospital de Afuera. Al anochecer, desde allá, aparecía Toledo, severo, majestuoso; desde la cuesta del Miradero tomaba el paisaje de los alrededores un tono amarillo, cobrizo, como el de algunos cuadros del Greco, que terminaba al caer la tarde en un tinte calcáreo y cadavérico.

En un café descansó un momento; pero impulsado por la excitación de los nervios, salió en segui da a la calle. Era de noche. Había niebla, y el pueblo tamaba envuelto en ellas unas proporciones gigantescas.

Las calles subían y bajaban, no tenían algunas salida. Era aquello un laberinto; la luz eléctrica, tímida de brillar en la mística ciudad, alumbraba débilmente, rodeada cada lámpara por un nimbo espectral.

En la calle de la Plata, Fernando solía ver en un mirador una muchacha pálida, carirredonda, con grandes ojos negros. No debía de salir aquella muchacha mas que a rezar en las iglesias.

Fernando pensaba en que su piel blanca y exangüe debía haber compenetrado el perfume del incienso.

Ossorio fué a ver si la veía. La casa estaba cerrada; no había ni luz.

¡Qué bien se debía vivir en aquellas grandes casas! Se debía de pasar una vida de convento saboreando el minuto que transcurre. Fernando pasaba de una calle a otra sin saber por dónde iba, como si fuera andando con la fantasía por un pueblo de sueños. En algunas casas se veían desde fuera semiiluminados patios enlosados con una fuente en medio.

Con la cabeza llena de locuras y los ojos de visiones anduvo; por una calle, que no conoció cuál era, vió pasar un ataúd blanco, que un hombre llevaba al hombro, con una cruz dorada encima.

La calle estaba en el mismo barrio por donde había pasado por la tarde.

A un lado debía estar Santo Tomé; por allá cerca, Santa María la Blanca, y abajo de la calle, San Juan de los Reyes.

Al pasar del cono de luz que daban las lámparas incandescentes, brillaban la cruz y las listas doradas de la caja de una manera siniestra, y al entrar en la zona de sombra, la caja y el hombre se fundían en en una silueta confusa y negra. El hombre corría dando vueltas rápidamente a las esquinas.

Fernando pensaba:

—Este hombre empieza a comprender que le sigo. Es indudable.

Y decía después:

—Ahí van a enterrar una niña. Habrá muerto dulcemente, soñando en un cielo que no existe. ¿Y qué importa? Ha sido feliz, más feliz que nosotros que vivimos.

Y el hombre seguía corriendo con su ataúd al hombro, y Fernando detrás.

Después de una correría larga, desesperada, en que se iban sucediendo a ambos lados tapias bajas blanqueadas, caserones grandes, obscuros, con los portales iluminados por una luz de la escalera, puertas claveteadas, grandes escudos, balcones y ventanas floridas, el hombre se dirigió a una casa blanca que había a la derecha, que tenía unos escalones en la puerta; y mientras esperaba, bajó el ataúd desde su hombro hasta apoyarlo derecho en uno de los escalones, en donde sonó a hueco.

Llamó, se vió que se abría la madera de una ventana, dejando al abrirse un cuadro de luz, en donde apareció una cabeza de mujer.

—¿Es para aquí esta cajita? —preguntó el hombre.

—No; es más abajo: en la casa de los escalones —le contestaron.

Cogió el ataúd, lo colocó en el hombro y siguió andando de prisa.

—¡Qué impresión más tremenda habrá sido la de esta mujer al ver la caja —pensó Fernando.

El hombre con su ataúd miraba vacilando a un lado y a otro, hasta que vió próxima a un arco una casa blanca con la puerta abierta vagamente iluminada. Se dirigió a ella y bajó la caja sin hacer ruido.

Dos mujeres viejas salieron de un portal y se acercaron al hombre.

—¿Es para aquí esa caja?

—Sí debe ser. Es para una chiquilla de seis a siete años.

—Sí, entonces es aquí. Se conoce que se ha muerto la mayor. ¡Pobrecita ¡Tan bonita como era!

Se escabulleron las viejas. El hombre llamó con los dedos en la puerta y preguntó con voz alta:

—¿Es para aquí una cajita de muerto, de una niña?

De dentro debieron de contestarle que sí. El hombre fué subiendo la caja, que, de vez en cuando, al dar un golpe, hacía un ruido a hueco terrible. Fernando se acercó al portal. No se oía adentro ni una voz ni un lloro.

De pronto, el misterio y la sombra parecieron arrojarse sobre su alma, y un escalofrío recorrió su espalda y echó a correr, hacia el pueblo. Se sentía loco, completamente loco; veía sombras por todas partes. Se detuvo. Debajo de un farol estaba viendo el fantasma de un gigante en la misma postura de las estatuas yacentes de los enterramientos de la catedral, la espada ceñida a un lado y en la vaina, la visera alzada, las manos juntas sobre el pecho en actitud humilde y suplicante, como correspondía a un guerrero muerto y vencido en el campo de batalla. Desde aquel momento ya no supo lo que veía:

las paredes de las casas se alargaban, se achicaban; en los portones entraban y salían sombras; el viento cantaba, gemía, cuchicheaba. Todas las locuras se habían desencadenado en las calles de Toledo. Dispuesto a luchar a brazo partido con aquella ola de sombras, de fantasmas, de cosas extrañas que iban a tragarle, a devorarle, se apoyó en un muro y esperó... A lo lejos oyó el rumor de un piano; salía de una de aquellas casas solariegas; prestó atención: tocaban *Loin du Bal*.

   . . . .

Rendido, sin aliento, entró a descansar en un café grande, triste, solitario. Alrededor de una estufa del centro se calentaban dos mozos. Hablaban de que en aquellos días iba a ir al teatro de Rojas una compañía de teatro.

El café, grande, con sus pinturas detestables y ya carcomidas, y sus espejos de marcos pobres, daba una impresión de tristeza desoladora.

XXXI

—Y usted, ¿dónde duerme? —preguntó Ossorio a Adela.

—En el segundo piso.

—¿Sola, en su cuarto?

—Sí.

—¿Y no tiene usted miedo?

—Miedo, ¿de qué?

—Figúrese usted que dejara la puerta abierta y entrara alguno...

—¡Ca!

Fernando sintió una oleada de sangre que afluía a su cara.

Adela estaba también roja y turbada, no tenía el aspecto monjil de los demás días, sonreía forzadamente y sus mejillas estaban coloreadas con grandes chapas rojas.

Hablaban de noche en el comedor, iluminado por la lámpara de aceite que colgaba del techo.

Doña Antonia y la vieja criada habían salido a la novena.

La abuela, con el niño en brazos, dormía en una silla. Adela y Ossorio estaban solos en la casa. Habían hablado tanto de los deseos y aspiraciones de cada uno, que se habían quedado ambos turbados al mismo tiempo. Adela escuchaba atentamente por si se oía llamar a la puerta, quizá deseando, quizá temiendo que llamaran.

Tenían que decirse muchas cosas; pero si las palabras pugnaban por brotar de sus labios, la prudencia lo impedía. No se conocían, no se podían tener cariño, y, sin embargo, temblaban y el corazón latía en uno y en otro como un martillo de fragua.

—¿Y si yo?... —le dijo Fernando.

—¿Qué? —preguntó la muchacha penosamente.

—Nada, nada.

Estuvieron mirándose de reojo largo tiempo.

De pronto oyeron llamar a la puerta. Era doña Antonia y la criada.

Fernando se levantó de la mesa, miró a la muchacha y ésta le miró también, sofocada y temblorosa.

Fernando salió a la calle abrumado por deseos agudos; no encontraba ninguna idea moral en la cabeza que le hiciese desistir de su proyecto.

—La muchacha era suya —pensaba él—. Es indudable. ¡Afuera escrúpulos! La moral es una estupidez. Satisfacer un ansia, dejarse llevar por un instinto, es más moral que contrariarlo.

El aire frío de la noche, en vez de calmar su excitación, la agrandaba. Parecía que tenía el corazón hinchado.

—Es la vida —decía él— que quiere seguir su curso. ¿Quién soy yo para detener su corriente? Hundámonos en la inconsciencia. En el fondo es ridícula, es vanidosa la virtud. Yo siento un impulso que me lleva a ella, como ella siente hoy impulso que la empuja hacia mí. Ni ella ni yo hemos creado este impulso. ¿Por qué vamos a oponernos a él?

Recorría, mientrastanto, las calles obscuras, los pasadizos...

La noche estaba fresca y húmeda.

—Es verdad que puede haber consecuencias para ella que para mí no existen. Estas consecuencias pueden truncar la vida a esa pobre muchacha de aspecto monjil. ¿Y qué? Nada, nada. Hay que cegarse. Esta preocupación por otro es una cobardía. Esperaré en un café.

Estuvo más de una hora allí, sin poder coordinar sus pensamientos, hasta que se levantó, decidido.

—Voy a casa —murmuró—, y salga lo que salga.

Se acercó a la plaza de las Capuchinas, abrió la puerta, subió las escaleras, entró en su cuarto y apagó la luz.

El corazón le latía con fuerza; se agitaban en su cerebro, en una ebullición loca, pensamientos embrionarios, ideas confusas de un idealismo exaltado, y recuerdos intensos gráficos de una pornografía monstruosa y repugnante.

Oyó cómo se cerraban las puertas de los cuartos; vió que se apagaba la luz.

Al poco rato, Adela pasó por el corredor a su cuarto. Luego de esto, Fernando, sin zapatos, salió de su alcoba. Recorrió el pasillo, llegó a la cocina y empezó a subir la escalera.

Llegó al descansillo del cuarto de la muchacha. La alcoba era muy pequeña, y tenía un ventanillo alto, que daba a la escalera.

Por él vió Fernando a la muchacha, que se persignaba y rezaba ante un altarillo formado por una virgen de yeso, puesta sobre una columna, encima de una cómoda grande y antigua. Fernando, que en su turbación discurría con frialdad, pensó:

—Reza con fe. Esperemos.

La muchacha comenzó a desnudarse, mirando de vez en cuando hacia la puerta. Se veía que estaba intranquila. A veces miraba al vacío.

De pronto, la mirada de los dos debió cruzarse. Fernando, sin pensar ya en nada, se acercó a la puerta y empujó. Estaba cerrada.

—¿Quién? —dijo ella, con voz ahogada.

—Yo; abre —contestó Fernando.

La puerta cedió.

Ossorio entró en el cuarto, cogió a la muchacha en sus brazos, la estrujó y la besó en la boca. La levantó en el aire para dejarla en la cama, y al mirarla la vió pálida, con una palidez de muerto, que doblaba la cabeza como un lirio tronchado.

Entonces Fernando sintió un estremecimiento convulsivo, y le temblaron las piernas y le castañetea-

ron los dientes. Vió ráfagas de luz, círculos luminosos y espadas de fuego. Temblando como un enfermo de la medula, salió del cuarto, cerró la puerta y
bajó a la cocina; de allí salió al pasillo y entró en su
alcoba. Se puso las botas y salió a la calle, siempre
temblando, con las piernas vacilantes.

La noche estaba fría, brillaban las estrellas en el
cielo. Trataba de coordinar sus movimientos, y sus
miembros no respondían a su voluntad. Empezaba a
sentir un verdadero placer por no haberse dejado
llevar por sus instintos. No; no era sólo el animal
que cumple una ley orgánica: era un espíritu, era una
conciencia.

¿Qué hubiese hecho la pobre muchacha, tan buena, tan apacible, tan sonriente?

El hubiera podido casarse con ella, pero hubiesen
sido desgraciados los dos.

En aquel momento se acordó de una muchacha
de Yécora, a quien había seducido, aunque en sus
relaciones ni cariño ni nada semejante hubo.

Nunca se había acordado de ella con tanta intensidad como entonces. Lo que no comprendía es
cómo estuvo tanto tiempo sin que el recuerdo de
aquella muchacha le viniese a la mente.

Al pensar en la otra, la figura de Adela se perdía,
y, en cambio, se grababa con una gran fuerza la
imagen de la muchacha de Yécora.

Recordaba, como nunca hasta entonces la hubiera
recordado, a Ascensión, la hija de Tozenaque. Cuando comenzó a pretenderla estaba entonces en una
época de furor sexual.

A ella, que era bastante bonita, le gustaba coquetear con los muchachos.

Durante un período de vacaciones, la persiguió

Fernando, rondó su casa, y una tarde consiguió de la muchacha que saliera a pasear con él solo por entre los trigos, altos para ocultar una persona.

Fueron los dos hacia una ermita abandonada; oculta en una umbría formada por altos olmos, cercando el bosque por un lado, había un montón de piteras que escalaban un alto ribazo con sus palas verdes, brillantes, erizadas de espinas.

Al llegar a la umbría, comenzaba a caer la tarde.

Sin frases de amor, casi brutalmente, se consumó el sacrificio.

Al principio, la muchacha opuso resistencia, se defendió como pudo, se lamentó amargamente; después se entregó, sin fuerzas, con el corazón hinchado por el deseo, en medio de aquel anochecer de verano, ardiente y voluptuoso.

XXXII

Al día siguiente, con el pretexto de un viaje corto, Fernando se marchó de Toledo.

Tomó el tren al mediodía y trasbordó en Castillejo.

Tendido en el banco de un coche de tercera pasó horas y horas contemplando ensimismado el techo del vagón, pintado de amarillo, curvo como camarote de barco, con su faro de aceite, que se encendió al anochecer, y que apenas si daba luz.

Se hizo de noche; pasaban por delante de la ventanilla sombras de árboles, pedruscos de la pared de una trinchera.

Salió la luna en menguante. De vez en cuando, al pasar cerca de alguna estación, se veía vagamente un molino de viento que, con sus aspas al aire, parecía estar pidiendo socorro.

Cerca de Albacete entró un labriego con una niña, a la que dejó tendida en un banco. La niña se durmió en seguida.

Su padre se puso a hablar con un aldeano. De vez en cuando la niña abría los ojos, sonreía y llamada a su mamá.

—Ahora viene —le decía Fernando, y la chiquilla volvía a dormirse otra vez.

El vagón presentaba un aspecto extraño: hombres envueltos hasta la cabeza en mantas blancas y amarillas, aldeanos con sombrero ancho y calzón corto; cestas, líos, jaulas; viejas, dormidas, con el refajo puesto por encima de la cabeza..., todo envuelto en una atmósfera brumosa empañada por el humo del tabaco.

Sólo en un comportamiento en donde iban unas muchachas se hablaba y se reía.

Llegó el tren al apeadero en donde Fernando tenía que bajar. Cogió su lío de ropa y saltó del coche. La estación estaba completamente desierta, iluminada por dos faroles clavados en una tapia blanca.

—¡Eh, el billete! —gritó un hombre envuelto en un capote. Ossorio le dió el billete.

—¿Por dónde se sale de la estación? —le preguntó.

—¿Va usted a Yécora?

—Sí.

—Ahí tiene usted los coches.

Pasó Fernando por la puerta de la tapia blanca a una plazoleta que había delante de la estación, y vió una diligencia casi ocupada y una tartana. Se decidió por la tartana.

Hallábase ésta alumbrada por una linterna que daba más humo que luz. Subió Ossorio en el carricoche. De los dos cristales de delante, uno estaba roto, y en su lugar había un trapo sucio y lleno de agujeros.

Cerraban por detrás la tartana tres fajas de lona; el interior del coche estaba ocupado por unas cuantas maletas, dos o tres fardos, una perdiz en su jaula, y encima del montón que formaban estas cosas, dos hermosos ramos de flores de papel.

—Aquí viene alguna muchacha bonita —pensó Fernando, y no había acabado de pensarlo cuando apareció un hombre con trazas de salteador de caminos envuelto hasta la cabeza, como si saliera del baño, en una manta a cuadros que no dejaba ver mas que dos ojos amenazadores, una nariz aguileña y un bigotazo de carabinero.

El hombre subió a la tartana, se sentó sin dar las buenas noches, y se puso a observar a Fernando con una mirada inquisitorial. Este, viendo que persistía en mirarle, cerró los ojos pidiéndose a sí mismo paciencia para soportar a aquel imbécil.

—¿Pero no salimos? —dijo Fernando como dirigiéndose a una tercera persona.

Creyó que al decir esto su compañero de viaje le aniquilaba con sus ojos siniestros, y todas las ideas humildes de Ossorio se le marcharon al ver la insistencia del hombre en observarle; estuvo por decirle algo, pero se contuvo.

Poco después, una voz de tiple salió de entre los bigotes formidables:

—Vamos, Frasquito, echar a andar.

Si Fernando no hubiera estado seguro de la procedencia de la voz, hubiese creído que era una broma. Estudió con una curiosidad impertinente de arriba a bajo y de abajo arriba a hombre de aspecto tan fiero y de voz tan ridícula.

El de la manta contestó mirándole con una mueca de desdén. Fué aquello un duelo de miradas a la luz de una linterna.

El cochero, a quien el hombre de la manta había llamado Frasquito, no hizo ningún caso de la advertencia; sin duda no tenía prisa y no se apresuraba a arrancar; pero en cambio hablaba con una volubilidad extraordinaria, y por lo que oyó Fernando, desafiaba al cochero de la diligencia a ver quién llegaba antes a Yécora; así que sólo cuando vió que el otro se subía al pescante montó él para que las condiciones fuesen iguales y salieran los coches a la vez; ya arriba Frasquito, azotó los caballos, que arrancaron hacia un lado, y la tartana salió botando, dando tumbos y más tumbos, y a poco estuvo que no se hiciera pedazos en una tapia. El carricoche avanzaba y tomaba ventaja a la diligencia.

Por la ventana sin cristales empezó a entrar un viento helado que cortaba como un cuchillo, y al mismo tiempo hinchaba el trapo lleno de agujeros, puesto para remediar la falta del cristal, como una vela.

—¿Por qué no lleva *faró*, *Fraquito?* —preguntó el de la manta sacando la cabeza por la ventana sin cristales.

—¿*Pa* qué? —dijo el cochero volviendo la cabeza hacia atrás.

—*Pa* que no vaya a *volcá*.

—*Agora* ha *hablao uté* como quien *é* —replicó descaradamente Frasquito—. ¿*He volcao alguna ve?*

—No te incomodes, Frasquito, no lo digo por tanto.

Al oír en boca de aquel hombre de aspecto furibundo una explicación tan humilde, Fernando, que se había olvidado de sus buenos propósitos, se creyó en el caso de lanzar una mirada de absoluto desdén a su compañero de viaje.

Como allá no se podía dormir por el frío, Ossorio se puso a contemplar el campo por la ventana. Se veía una llanura extensa, sombría, con matorrales como puntos negros y charcos helados en los cuales rielaba la claridad de la noche; a lo lejos se distinguía un encadenamiento de colinas que se contorneaban en el cielo obscuro, iluminado por la luna rota torpemente.

Pronto la diligencia, que había quedado detrás de la tartana, comenzó a acercarse a ella; se vió la luz de su reverbero por entre las rendijas de la lona que cerraba el carricoche; se oyó el campanilleo de las colleras de los caballos que se fueron acercando, y, por último, un toque de bocina; el cochero dirigió la tartana a un lado del camino, y la diligencia pasó por delante iluminando con su luz la carretera. No fué chica la indignación de Frasquito. Latigazos, gritos, juramentos, pintorescas blasfemias. Trotaron los caballos, chirriaron tas ruedas, y la tartana, al golpear con las piedras de la carretera, saltó y rechinó y pareció que iba a romperse en mil pedazos.

La diligencia, en tanto, iba ganando terreno, alejándose, alejándose cada vez más. El aire entraba por la ventanilla y dejaba a los viajeros ateridos. Fernando trataba de sujetar el trapo que cerraba la ventana sin cristal, y viendo que no lo podía conseguir, se ponía la capa por encima del sombrero.

Y mientrastanto la diligencia iba alejándose cada vez más, y en la revuelta de una carretera se perdió de vista. Al poco rato el carricoche se detuvo.

—¿Qué te pasa, *Fraquito*? —preguntó el de la manta.

—*Na*, que se me ha *perdío* el látigo.

Bajó Frasquito del pescante, volvió a subir breve tiempo después, y la tartana siguió dando tumbos y tumbos, siguiendo las vueltas de la carretera solitaria. La linterna se apagó y se quedaron en el interior del carricoche a obscuras.

Se veía así más claramente el campo, los cerros negruzcos bombeados, las estrellas que iban palideciendo con la vaga e incierta luz del alba. El frío era cada vez más intenso; Ossorio comenzó a dar taconazos en el suelo del coche y notó que el piso se hundía bajo sus pies; el suelo de la tartana era de tablillas unidas con esparto, encima de las cuales había una estera de paja. Con los golpes de Ossorio, una de las tablillas se había roto, y por el agujero entraba más frío aún.

De pronto Frasquito volvió a parar el coche, se bajó del pescante y echó a correr hacia atrás. Se le había caído nuevamente el látigo. Era para matarlo.

Pasó tiempo y más tiempo. Frasquito no parecía; de improviso sonó en el interior de la tartana ese ruido característico que hacen las navajas de muelle al abrirse.

Al oírlo Fernando se estremeció. Pensó que el cochero les había dejado allá intencionadamente. El tío de la voz atiplada se iba a vengar de las miradas desdeñosas de Fernando.

—No va a encontrar el látigo —dijo el de la manta al poco rato—. Aquí le he cortado yo una cuerda.

Ossorio respiró. Al cabo de un cuarto de hora vino Frasquito sudando a mares sin el látigo. Ató la cuerda que le dió el de la manta a un sarmiento que cogió de una viña, se subió al pescante y echó la tartana a andar de nuevo.

El cielo iba blanqueando; a un lado, al ras del suelo, sobre unas colinas redondas, se veía una faja rojo anaranjada, en la que se destacaban, negros y retorcidos, algunos olivos centenarios y pinos achaparrados.

Poco a poco la tierra fué aclarándose: primero apareció como una cosa gris, indefinida; luego ya más distinta con matas de berceo y de retama; fueron apareciendo a lo lejos formas confusas de árboles y de casas. Comenzaban a pasar por la carretera hombres atezados envueltos en capotes pardos; otros, con anguarinas de capucha, que iban bromeando siguiendo a las caballerías cargadas de leña, y mujeres vestidas con refagos de bayeta arreando a sus borriquillos.

La luz fué llegando lentamente, brillaba en los campos verdes, centelleaba con blancura deslumbradora en las casas de labores, enjalbegadas con cal.

El pueblo iba apareciendo a lo lejos con su caserío agrupado en las estribaciones de un cerro desnudo, con sus torres y su cúpula redonda, de tejas azules y blancas.

La tartana se iba acercando al pueblo.

Aparecieron en el camino una caseta de peón ca-
minero, una huerta cerrada, un parador...

El carricoche entró en el pueblo levantando nubes
de polvo.

El sol arrancaba destellos a los cristales de las
ventanas; parecían las casas presas de un incendio
que se corría por todos los cristales y vidrieras de
aquel lugarón.

Cacareaban los gallos, ladraban los perros; alguna
que otra beata cruzaba la solitaria calle; despertaba
la ciudad manchega para volverse a dormir en seguida aletargada por el sol...

XXXIII

Yécora es un pueblo terrible; no es de esas negrí-
simas ciudades españolas, montones de casas viejas,
amarillentas, derrengadas, con aleros enormes sostenidos por monstruosos canecillos, arcos apuntados
en las puertas y ajimeces con airosos parteluces; no
son sus calles estrechas y tortuosas como obscuras
galerías, ni en sus plazas solitarias crece la hierba
verde y lustrosa.

No hay en Yécora la torre ojival o románica en
donde hicieron hace muchos años su nido de ramas
las cigüeñas, ni el torreón de homenaje del noble
castillo, ni el grueso muro derrumbado con su ojiva
o su arco de herradura en la puerta.

No hay allá los místicos retablos de los grandes

maestros del Renacimiento español, con sus hieráti-
cas figuras que miraron en éxtasis los ojos, llenos de
cándida fe, de los antepasados; ni la casa solariega
de piedra sillar con su gran escudo carcomido por la
acción del tiempo; ni las puertas ferradas y claveteadas con clavos espléndidos y ricos; ni las rejas con
sus barrotes como columnas salomónicas tomadas
por el orín; ni los aldabones en forma de grifos y de
quimeras; ni el paseo tranquilo en donde toman el
sol, envueltos en sus capas pardas, los soñolientos
hidalgos. Allí todo es nuevo en las cosas, todo es
viejo en las almas. En las iglesias, grandes y frías,
no hay apenas cuadros, ni altares, y éstos se hallan
adornados con imágenes baratas traídas de alguna
fábrica alemana o francesa.

Se respira en la ciudad un ambiente hostil a todo
lo que sea expansión, elevación de espíritu, simpatía humana. El arte ha huído de Yécora, dejándolo
en medio de sus campos que rodean montes desnudos, al pie de una roca calcinada por el sol, sufriendo las inclemencias de un cielo africano que
vierte torrentes de luz sobre las casas enjalbegadas,
blancas, de un color agrio y doloroso, sobre sus
calles rectas y monótonas y sus caminos polvorientos; le ha dejado en los brazos de una religión áspera, formalista, seca; entre las uñas de un mundo de
pequeños caciques, de leguleyos, de prestamistas, de
curas, gente de vicios sórdidos y de hipocresías miserables.

Los escolapios tienen allí un colegio y contribu-
yen con su educación a embrutecer lentamente el
pueblo. La vida en Yécora es sombría, tétrica, repul-
siva; no se siente la alegría de vivir; en cambio pe-
san sobre las almas las sordideces de la vida.

No se nota en parte alguna la preocupación por la comodidad, ni la preocupación por el adorno. La gente no sonríe.

No se ven por las calles muchachas adornadas con flores en la cabeza, ni de noche los mozos pelando la pava en las esquinas. El hombre se empareja con la mujer con la obscuridad en el alma, medroso, como si el sexo fuera una vergüenza o un crimen, y la mujer, indiferente, sin deseo de agradar, recibe al hombre sobre su cuerpo y engendra hijos sin amor y sin placer, pensando quizá en las penas del infierno con que le ha amenazado el sacerdote, legando al germen que nace su mismo bárbaro sentimiento del pecado.

Todo allí, en Yécora, es claro, recortado, nuevo, sin matiz, frío. Hasta las imágenes de las hornacinas que se ven sobre los portales están pintadas hace pocos años.

XXXIV

La casa del administrador de la familia Ossorio era espaciosa; estaba situada en una de las principales calles de la ciudad.

Se entraba por el zaguán a un vestíbulo estucado, con las paredes llenas de malos cuadros. Del vestíbulo, en donde había una chimenea con el hueco de más altura que la de un hombre, se pasaba por un corredor a un patio muy chico, con una gradería en su fondo, en la cual se veían en hileras filas de tiestos con plantas muertas por los hielos del pasado invierno.

De un extremo del patio, cerca de la pared, una escalera daba acceso a la parte alta de la gradería, que era una ancha plataforma enladrillada, en uno de cuyos rincones se veía un aljibe recubierto de cal adonde iba a dar el agua de todas las cañerías del tejado. Desde la plataforma aquella se pasaba por una puerta, embadurnada de azul, a cuartos obscuros, bajos de techo, llenos de gavillas y de haces de sarmientos y de leña de vid.

Al recorrer la casa, Fernando recordó con placer alguno que otro rincón; el gabinete, la alcoba suya, la cocina, el despacho del administrador le hicieron el mismo efecto de antipatía que cuando era muchacho. Estaba todo dispuesto y arreglado de un modo insoportable; los malos cuadros de iglesia abundaban; el piano de la sala tenía una funda de hilo crudo con ribetes rojos; las sillas y sillones se hallaban envueltos en idéntica envoltura gris. En las puertas de cada cuarto, cruzándolas, había gruesas cadenas de hierro.

Después de descansar del viaje, la primera idea que tuvo Fernando fué ir a casa de Tozenaque. Salió a la calle y se dirigió por una alameda polvorienta, y luego cruzando unos viñedos, hacia la casa de labor en donde antes vivía la muchacha. Llegado allí, contempló largo rato desde muy lejos el paraje, y a un hombre que se cruzó en el camino le preguntó por la familia de Ascensión.

Hacía mucho tiempo que se había marchado, le dijo. Se fueron primeramente a vivir a las Cuevas,

porque andaban al parecer mal de dinero; después
emigraron todos a Argel, excepto una de las chicas
que casó en el pueblo.

Fernando preguntó cuál de las hijas era la que se
había casado en Yécora; el hombre no le supo dar
razón. Cruzó Ossorio por los viñedos y en la alameda se sentó sobre un ribazo, al borde del polvoriento
camino.

¡Qué silencio por todas partes!

De aquella enorme ciudad no brotaba mas que el
canto estridente de los gallos, que se interrumpían
unos a otros desde lejos. El cielo estaba azul, de un
azul profundo, y sobre él se destacaba, escueto y pe-
lado, un monte pedregoso con una ermita en lo alto.

Ossorio pensaba en Ascensión, sin poder separar
de la muchacha su recuerdo. ¿Qué sería de ella?
¿Cómo sería antes? Porque no había llegado a for-
marse una idea de si era buena o mala, inteligente
o no. Nunca se preocupó de esto.

Si en aquella época él hubiera sospechado las de-
cepciones, las tristezas de la vida, quizá se hubiere
casado con Ascensión; ¿por qué no? Pero, ¿cómo en
aquel lugarón atrasado, hostil a todo lo que fuese
piedad, caridad, simpatía humana? Allí no se podían tener mas que ideas mezquinas, bajas, ideas
esencialmente católicas. Allí, de muchacho, le habían
enseñado, al mismo tiempo que la doctrina, a considerar gracioso y listo al hombre que engaña, a des-
preciar a la mujer engañada y a reírse del marido
burlado.

El no había podido sustraerse a las ideas tradi-
cionales de un pueblo tan hipócrita como bestial.
Había conseguido a la muchacha en un momento de
abandono; no se paró a pensar si en ella estaría su

dicha; se contentó con oír las felicitaciones de sus
amigos y con esconderse al saber que el padre de la
Ascensión le andaba buscando.

XXXV

Apenas cambió algunas palabras con el administrador, su mujer y sus hijos.

Al día siguiente, por la mañana, subió a las Cuevas, que estaban en la falda del Castillo, a preguntar
de nuevo por la familia de Ascensión, a ver si se en-
teraba de algo más, y si podía saber cuál de las
muchachas era la que se había casado.

El Castillo era un monte lleno de pedruscos, ári-
do, seco, con una ermita en la cumbre. El sol de siglos parecía haberle tostado matizándole del color
de yesca que tenía; daba la impresión de algo vigo-
roso y ardiente, como el sabor de un vino cente-
nario.

La senda que escalaba el cerro subía en ziszás;
era una calzada cubierta de piedras puntiagudas que
corrían debajo de los pies; a un lado y a otro del
quebrado camino había capillas muy pequeñas, en
cuyo interior, embutidos en la pared, se veían cuadros de azulejos que representaban escenas de la
Pasión.

A lo largo de la calzada, sobre todo en su primera parte, veíanse filas de puertas azules, cada una

con su número escrito con tinta obscura; eran aquellas puertas las entradas de las cuevas excavadas en
el monte, tenían una chimenea que brotaba al ras
del suelo y alguna un corralillo con un par de hi-
gueras blancas.

Fernando se detuvo en una cueva que era al mismo tiempo cantina, pidió una copa, se sentó en un
banco y, gradualmente, fué llevando la conversación
con la mujer del mostrador hacia lo que a él le interesaba.

Tozenaque el Manejero y toda su familia se habían
marchado a Argelia, le dijo la mujer, excepto una
de las chicas casada en el pueblo y que vivía en
el Pulpillo, en la misma labor que antes tuvo su
padre.

—¿Y por qué vino aquí el Manejero, cuando tenía
su casa y sus tierras?

—¡Pues ahí verá usted! Que resultaron que no
eran suyas; que las tenía hipotecadas —repuso la
tabernera—. Además, sabe usted, el hermano le en-
gañó y le sacó muchos miles de pesetas.

—Y aquí, en las cuevas, ¿el hombre marchaba?

—No. Acostumbrados a otra manera de vivir, pues,
no podía. Luego, la cueva suya, el Ayuntamiento la
mandó tirar, y entonces fué cuando el Manejero se
decidió a irse.

—Y, ¿cuál de las muchachas se casó?

—Pues no sé decirle a usted. Era una rubita; así,
pequeña de cuerpo, garbosa.

Salió Ossorio del tabernucho, y fué subiendo por
el camino hacia la ermita de la cumbre. Se veía el
pueblo desde allí a vista de pájaro, enorme, con sus
tejados en hilera, simétricos como las casillas de un
tablero de ajedrez, todos de un tinte pardo negruzco,

y sus casas blancas unas, otras amarillentas de color
de barro, y sus caminos blancos cubiertos de una
espesa capa de polvo, con algunos árboles escasos,
lánguidos y sin follaje.

Alrededor del pueblo se extendía la huerta como
un gran lago siempre verde, cruzado por la línea de
plata ondulante de la carretera. Más lejos, cerrando
la vallada, montes pedregosos, plomizos, se destacaban con valentía en el cielo azul de Prusia, ardiente,
intenso como la plegaria de un místico. Y, en aquel
silencio de la ciudad y de la huerta, sólo se oía el
estridente cacareo de los gallos, que se contestaban
desde lejos.

Salían delgadas y perezosas columnas de humo de
las chimeneas de las cuevas y de las casas. Resonaba el silencio. De pronto, Fernando oyó el murmullo
de un rezo o canción y se asomó a ver lo que era.

· Venían de dos en dos, en fila, las muchachas de
un colegio o de un asilo, uniformadas con un traje
de color de chocolate; detrás de ellas iban dos monjas, y cantaban las asiladas una triste y dolorosa
salmodia...

XXXVI

Al día siguiente, Fernando se levantó muy temprano: estaba amaneciendo; por la ventana de su
cuarto entraba la luz fría, mate, sin brillo, la luz des-
lustrada del amanecer.

Salió a la calle. Hallábase el pueblo silencioso; las
casas grises, amarillentas, de color de adobe, pare-

cían dormir con sus persianas y sus cortinas tendidas. El cielo estaba gris, como un manto de plomo; alguna que otra luz moribunda parpadeaba sin fuerza ante el santo guardado en la hornacina de un portal. Corría un viento frío, penetrante.

Ossorio fué saliendo del pueblo hacia el campo, recorrió la alameda y comenzó a cruzar viñedos. Había aparecido ya el sol; brillaban los bancales verdes de trigo y alcacel, como trozos de mar, plateados por el rocío. El cielo estaba azul, claro y puro, de una claridad dulce y suave.

A la hora se halló Fernando en el Pulpillo. Todo estaba igual que antes. Se acercó a la casa y se asomó a la ventana de la cocina. Cerca del fuego estaba ella, Ascensión, con un pañuelo de color en la cabeza, inclinada sobre la cuna de un niño.

Fernando dió la vuelta a la alquería y entró en la cocina. Saludó con una voz ahogada por la emoción. Al verle, ella palideció; él se quedó admirado, al encontrarla tan demacrada y tan vieja.

—¿Qué quieres aquí? ¿A qué vienes? —preguntó ella.

Fernando no supo qué contestar.

—¡Vete! —gritó la mujer con un gesto enérgico, señalándole la puerta.

—¿No está tu marido?

—No. Sabía que estabas en el pueblo, pero no creí que te atreverías a venir.

—Me porté mal contigo, pero has tenido suerte, más suerte que yo —murmuró Fernando.

—¡Vete! No quiero oírte.

—¿Por qué? De los dos quizá soy yo el más desgraciado.

—¡Tú desgraciado! ¿Entonces yo?

—Tú tienes hijos; tienes un marido que te quiere.

—Vete; por favor, márchate; puede venir mi marido y entonces será peor para ti.

—¿Por qué? ¿Qué iba a hacer? ¿Matarme? Me haría un favor. Además, que él no sabe lo que ha pasado entre los dos. Pero hablemos —dijo Ossorio apoyándose en el respaldo de una silla.

—No quiero oírte; no quiero oírte. ¡Vete!

—No. Sí, me voy. Pero quisiera antes hablarte.

—Te digo que no, que no, y que no.

—¿No quieres atender mis razones?

—No.

—Eres cruel.

—¿No lo has sido tú más?

—Pero la suerte te ha vengado... Tú eres feliz.

—¡Feliz! —murmuró ella con una sonrisa llena de amargura.

—¿No lo eres?

—Vete, vete de una vez.

Fernando paseó la mirada por el cuarto, se fijó en la cuna y se acercó a ver al niño que allí dormía.

—No le toques, no le toques —gritó la mujer levantándose de su asiento.

—Tú no perdonas.

—No.

—Sin embargo, yo no tuve toda la culpa. Tú no lo creerás...

—No.

—Si quisieras oírme... un momento.

—Vete; no quiero oír nada.

—Adiós, pues —murmuró Fernando, y salió de la casa pensativo—. Odiar tanto.—se decía al marchar hacia el pueblo—. Si fuera buena, me hubiera perdonado. ¡Qué imbécil es la vida!

XXXVII

—A ver si sienta ya la cabeza —dijo el administrador al saber que Fernando se quedaba en el
pueblo.

Ossorio quería permanecer algún tiempo en Yécora; esperaba que allí su voluntad desmayada se re-
belase y buscara una vida enérgica, o concluyera de
postrarse aceptando definitivamente una existencia
monótona y vulgar.

Le pareció que si podía resistir y aficionarse al
pueblo aquel y sentirse religioso en Yécora, a pesar
de las ideas sórdidas y mezquinas de la tal ciudad,
era porque su alma se encontraba en un estado de
postración y decadencia absolutos.

Los días siguientes de su llegada se sucedieron
con una gran monotonía. Por las tardes, Fernando
paseaba con algunos condiscípulos que habían ido
a su casa a renovar con él su amistad...

Aquella tarde, después del paseo, entraron Fernando y dos amigos que le acompañaban en la sacristía de una iglesia destartalada del pueblo. Se
sentaron los tres en una banqueta negra que había debajo de un cuadro grande y obscuro de las
Animas.

En las paredes de la sacristía colgaban mugrien-
tos carteles amarillos, escritos en latín con letras capitales rojas. Entraba la luz por una ventana pequeña e iluminaba el cuarto; a un lado se veía el arma-

rio, roñoso y carcomido, donde se guardaban casu-
llas y ornamentos; encima de él, un busto de una
santa o de una monja, en madera pintada, que tenia
una peana con vestigios de haber sido dorada y un
agujero elíptico en el pecho, que antes debió de ser-
vir para guardar las reliquias de la santa o monja
que representaba la escultura.

En el cuarto iba y venía un sacristán viejo con
cara de bandido. Comenzó a sonar una campana.
A poco entró un cura joven en la sacristía, un muchacho fuerte y rollizo que parecía un toro; saludó a
los dos amigos de Fernando y a éste también, tímidamente.

—¿No te acuerdas de él? —preguntó uno de los
amigos a Ossorio, señalándole al cura—. Sí, hombre; Pepico, un muchacho muy gordo, con cara de
bruto, hijo del sastre. Es más joven que nosotros...

—Sí, algo recuerdo.

—Pues es éste; aquí lo tienes, hecho un padre de
almas.

—Oye, Pepico —le preguntó el otro de los amigos
al cura joven—, ¿cuándo te van a hacer más grande
esa moneda que lleváis en la cabeza?

—Cuando me ordene en mayores.

—¿De modo que ahora estás en cuarto menguante?

El cura joven hizo un movimiento de hombros,
como indicando que a él le tenían sin cuidado aquellas irreverencias. El amigo de Fernando volvió a la
carga.

—Y oye, ese redondel tendrá un tamaño fijo,
¿verdad?

—No. Es *ad libitum*.

—Nada; hasta que no habláis latín no estáis sa-
tisfechos los curas.

12

El muchacho volvió a hacer otro gesto de indiferencia y siguió paseando a lo largo de la sacristía.

Comenzó a sonar de nuevo la campana de la iglesia. Entró poco después un cura delgado, morenillo, de ojos negros y sonrisa irónica, que saludó a Fernando y a sus amigos de una manera exageradamente mundana. El cura joven fué a decir la novena a la iglesia, en donde se habían reunido unas cuantas viejas; el otro, el morenillo, ofreció cigarros, encendió uno y se puso a fumar con el manteo desabrochado y las manos en los bolsillos del pantalón.

—Y usted, ¿no tiene trabajo hoy? —le preguntaron.

—Sí; yo estoy aquí para el capeo.

—Es que tiene que predicar —murmuró uno de los amigos al oído de Fernando.

Se habló después de capellanías, de pleitos, de mujeres; luego, Ossorio y sus amigos salieron de la iglesia.

—¿Quién es este cura?

—Es un *perdío,* que vive con dos sobrinas y se acuesta con las dos. ¿Qué hacemos ahora? ¿Vamos al colegio de escolapios?

—Vamos.

Fernando se dejó llevar; tenía una idea muy vaga de aquel caserón, en donde había pasado dos años de su vida. Se acercaron al colegio, una especie de cuartel grande, y entraron por la senda central de un patinillo a un ancho zaguán que conducía a un corredor bajo de techo, adornado con cuadros y letreros. Fernando, al entrar, recordó de repente todo el colegio con todos sus detalles, como si le quitaran una venda de los ojos; reconocía uno a uno los mapas, los cuadros de las paredes, con medidas de capacidad, las figuras de anatomía, de zoología y de botánica.

Por el corredor paseaban dos escolapios fumando, con el bonete ladeado; a ellos se dirigieron los amigos de Ossorio para que les enseñara el colegio. Los dos padres les fueron mostrando a los tres amigos las clases, que olían a cuarto cerrado, con sus largas mesas negras y sus ventanas enrejadas. Aquí, recordaba Fernando, habían variado el piso; allá habían condenado una puerta.

En un patio jugaban los chicos a la pelota, vestidos con blusas grises. Al pasar Fernando y los demás, los muchachos les miraban con ansiedad. Subieron los visitantes al piso de arriba, en el cual había un corredor y, a los lados, celdas pequeñas, con el techo cubierto por una alambrera, ocupadas por la cama, el colgador y el lavabo; la puerta, con una persiana para espiar desde fuera al encerrado.

Fernando, al mirar al interior de aquellos cuartuchos, recordó los dos años de su vida pasados allí. ¡Qué tristes y qué lentos! Se veía por las mañanas, cuando tocaban la campana y palmoteaban los camareros, despertarse sobresaltado, salir de la cama, lavarse, y, al volver a oír el aviso, se veía en el tétrico corredor, iluminado por un farol humeante de petróleo, colgado del techo por un garabato en forma de lira. Luego recordaba, durante el invierno, cuando, después de rezar arrodillados, puestos en dos filas en el obscuro pasillo, capitaneados por uno de los padres, iban bajando todos las escaleras, medio dormidos, tiritando, envueltos en bufandas, y recorrían los corredores y entraban en el oratorio a cantar los rezos de la mañana y a oír misa. ¡Qué impresión de horrible tristeza daba el ver las venta-

nas iluminadas por la claridad blanca y fría del
amanecer!

Al dirigirse a las clases comenzaba el terror, pensando en las lecciones, no aprendidas aún; y en la
clase se leían y releían con desesperación páginas y
páginas de los libros, que pasaban por la memoria
como la luz por un cristal; un aluvión de palabras
que no dejaban ni rastro.

Y el tormento de dar la lección uno a uno se alargaba, y cuando éste daba una tregua, comenzaba el
fastidio, que a Fernando se le metía en el alma de
una manera aguda, dolorosa, insoportable.

Después de comer en el refectorio, que tenía largas
mesas de mármol blanco, tristes, heladas, se volvía
de nuevo al trabajo; lento suplicio, interrumpido por
las horas de recreo, en las que se jugaba a la pelota
en un sitio cercado por paredes altas, que más que
lugar de esparcimiento parecía patio de presidio.

Pero de noche..., de noche era horroroso. Al subir después de cenar, a las nueve, desde el refectorio, frío y triste, al pasillo donde desembocaban las
celdas, al arrodillarse para rezar las oraciones de la
noche y al encerrarse luego en el cuarto, entonces se
sentía más que nunca la tristeza de aquel presidio.
Por las hendeduras de la persiana, cuyo objeto era
espiar a los muchachos, se veía el corredor, apenas
iluminado por un quinqué de petróleo; ya dentro de
la cama, de cuando en cuando se oían sonar los pasos del guardián; del pueblo no llegaba ni un murmullo; sólo rompía el silencio de las noches calla-
das el golpear del martillo del reloj de la torre, que
contaba los cuartos de hora, las medias horas, las
horas, que pasaban lentas, muy lentas, en la serie
interminable del tiempo.

¡Qué vida! ¡Qué horrorosa vida! ¡Estar sometido
a ser máquina de estudiar, a llevar como un presi-
diario un número marcado en la ropa, a no ver casi
nunca el sol!

¡Qué comienzo de vida estar encerrado allí, en
aquel odioso cuartel, en donde todas las malas pasiones tenían su asiento; en donde los vicios solita-
rios brotaban con la pujanza de las flores malsanas!

¡Qué vida! ¡Qué horrorosa vida! Cuando más se
sufre, cuando los sentimientos son más intensos, se
le encerraba al niño, y se le sometía a una tortura
diaria, hipertrofiándole la memoria, obscureciéndole
la inteligencia, matando todos los instintos naturales, hudiéndolo en la obscuridad de la superstición,
atemorizando su espíritu con las penas eternas...

De allí había brotado la anemia moral de Yécora;
de allí había salido aquel mundo de pequeños caciques, de curas viciosos, de usureros; toda aquella
cáfila de hombres que se pasaban la vida bebiendo
y fumando en la sala de un casino.

Era el Colegio, con su aspecto de gran cuartel, un
lugar de tortura; era la gran prensa laminadora de
cerebros, la que arrancaba los sentimientos levanta-
dos de los corazones, la que cogía los hombres jóvenes, ya debilitados por la herencia de una raza enfermiza y triste, y los volvía a la vida convenientе-
mente idiotizados, fanatizados, embrutecidos; los
buenos, tímidos, cobardes, torpes; los malos, hipó-
critas, embusteros, uniendo a la natural maldad la
adquirida perfidia, y todos, buenos y malos, sobre-
cogidos con la idea aplastante del pecado, que se cer-
nía sobre ellos como una gran mariposa negra.

XXXVIII

El teatro estaba lleno; verdad que era muy chico.
Sólo el sábado se ocupaban las localidades. Representaban cuatro zarzuelas madrileñas, de esas con
sentimentalismos, celos y demás zarandajas.

En el palco del Ayuntamiento estaban el alcalde,
pariente del administrador de Ossorio, Fernando y
dos concejales jóvenes de los que acompañaban al
alcalde, por ser de familias adineradas del pueblo.

El antepalco era muy grande; el teatro, frío; el alcalde, un dictador a quien se le obedecía como a un
rey, había mandado que pusieran allí un brasero. El
alcalde asombraba a los dos concejales asegurando
que aquellas obras que se representaban en Yécora
las había visto en Madrid, en Apolo, nada menos. .

—¡Qué diferencia, eh! —le decía a Fernando. Este
escuchaba indiferente, aburrido, la representación,
mirando a una parte y a otra.

El alcalde señaló a Ossorio en la sala algunas muchachas casaderas, ricas, con las que podía intentar
un matrimonio ventajoso. De pronto, el hombre se
calló y se puso a mirar con los gemelos al escenario.
Lolita Sánchez había salido a escena; era la primera
actriz y traía revuelto todo Yécora. Cuando terminó
el acto, el alcalde invitó a Fernando a bajar a las tablas. Aquella Lolita Sánchez era cosa suya.

Fueron a los bastidores; el escenario era muy pequeño; los cuartos de los cómicos, más pequeños to-

davía. El alcalde hizo entrar a Fernando en el cuarto de la primera actriz. Estaban allí sentados, en un sofá roto, la hermana de Lola, Mencía Sánchez, con la cara afilada, llena de polvos de arroz y de lunares; el director artístico de la compañía, Yáñez de la Barbuda, un joven que a primera vista se comprendía que era imbécil, escritor aficionado al teatro, que se arruinaba contratando compañías para que representasen sus dramas; Lolita Sánchez, una mujer insignificante muy pintada, con los ojos negros y la boca muy grande, y algunas personas más.

Como no cabían todos en el cuarto, Fernando se quedó de pie cerca de la puerta, sin aceptar los ofrecimientos que le hicieron de sentarse, y, al ver que no se fijaban en él, se escabulló, e iba a salir a la calle cuando se encontró con dos amigos, también del colegio, que no le permitieron escaparse. Eran ambos la única representación del intelectualismo en Yécora; hablaban de Bourget, de Prevost con el respeto que se puede tener por un fetiche.

—No creas, vale la pena de ver a Lola Sánchez —le dijo uno a Fernando.

—Es una mujer digna de estudio —aseguró el otro.

—Una voluptuosa —murmuró el primero.

—Una verdadera *demi-vierge* —añadió el segundo.

Ossorió miró a sus antiguos camaradas asombrado, y oyó que uno y otro barajaban nombres de escritores franceses que él nunca había oído y que trataban indudablemente de abrumarle con sus conocimientos. Pretextando que tenía que ver al alcalde, los dejó, y se fué a buscar de nuevo la puerta del escenario.

Abrió una que le salió al paso, entró pensando si
daría al pasillo de salida, y se encontró en un cuarto pequeño a dos o tres cómicos, a la característica
y al de la taquilla, que estaban sentados alrededor
de una mesa desvencijada, de esas llenas de dora-
dos, que sirven en las decoraciones de palacios para
sostener dos copas de latón, con las cuales se enve-
nenan el galán y la dama. Entonces sostenía una
botella de vino y un vaso. Ossorio trató inmediatamente de salir de allí, después de haberse excusado;
pero el gracioso, un hombre de nariz muy larga que
sin duda le había visto con el alcalde, le invitó a tomar un poco de vino. Fernando dió las gracias.

—¿Nos va usted a desairar porque somos unos
pobres cómicos?

Ossorio tomó el vaso que le ofrecían y lo bebió.

—¿No se sienta usted? —continuó el gracioso—.
Sí, hombre, precisamente estamos riñendo y no sabe
usted lo chuscas que son estas riñas entre cómicos
tronados. Bueno. Cuando no hay bofetadas y golpes,
que de todo suele haber. Luego comenzó a presentar
a los que estaban allí.

—Gómez Manrique, primer actor, un cómico, ahí
donce lo ve usted, que si no fuera tan soberbio y
tan amanerado podría ser con el tiempo algo.

El. aludido, que parecía un hombre que estaba
bajo el peso de una terrible catástrofe, lanzó una
mirada de desdén al gracioso a través de sus lentes;
luego se atusó la melena, mostrando la manga raída
de su chaqueta, y después llevó la mano al bigote y
trató de retorcerlo; pero como haría sólo diez o
quince días que dejaba de afeitarse, no pudo.

—De la señora —añadió el de la nariz larga mostrando a la característica— nada puedo decir; no

la he conocido mas que en su decadencia. En su tiempo...

—En mi tiempo —gritó la vieja— no se las tragaban como puños, como ahora en Madrid y en todas partes. ¡Re... patetal Si no hay cómicos ya.

—Eso es cierto —repuso con voz borrosa uno de los que se hallaban sentados a la mesa.

—Este señor que ha hablado, o que ha mugido, no se sabe lo que hace —prosiguió el de la nariz larga—, es don Dionis el Crepuscular, nuestro taquillero, nuestro contador, nuestro administrador, un hombre que no nos roba mas que todo lo que puede.

—Y ustedes, ¿qué hacen? —preguntó don Dionis.

—Advertencia. Le llamamos el Crepuscular por esa voz tan agradable que tiene, como habrá usted podido notar. Yo soy Cabeza de Vaca, de apellido, bastante buen cómico.

—Si no fueras tan borracho —interrumpió don Dionis.

—Ahora, joven yecorano —siguió Cabeza de Vaca diriéndose a Ossorio— no creo que tendrá usted inconveniente en pagarnos una botella.

—Hombre, ninguno. ¿Quiere usted que al salir yo mismo la encargue?

—No. El mozo irá por ella.

—Bueno. Y usted hará el favor de enseñarme dónde está la puerta.

—Sí, señor, con mucho gusto. Por aquí, por aquí. Adiós.

XXXIX

—Ya que te aburres en Yécora, vente a Marisparza —le dijo un amigo.

—¿Qué es eso de Marisparza?

—Una casa de labor que tengo ahí en el monte.
Te advierto que te vas a aburrir.

—¡Bah! No tengas cuidado.

A la mañana siguiente, después de comer, un día
de fiesta, llegó el amigo en un carricoche, tirado por
un caballejo peludo, a la puerta de la casa del administrador de Ossorio. Fernando montó y se acomodó
sobre unos sacos; el amigo se sentó en el varal
y echaron a andar.

El camino estaba lleno de carriles hondos, que
habían dejado las ruedas de los carros al pasar y
repasar por el mismo sitio. El paisaje no tenía nada
de bello. Iban por entre campos desolados, tierras
rojizas de viña con alguna que otra mancha verde
negruzca de los pinos, cruzando ramblas y cauces
de ríos secos, descampados llenos de matorrales de
brezo y de retama.

Al anochecer llegaron a Marisparza. La casa estaba aislada en medio de un pedrizal; hallábase unida a otra más baja y pequeña. Era de color de barro, amarillenta, cubierta de una capa de arcilla y de
paja; tenía grandes ventanas, con rotas y desteñidas
persianas verdes. Una chimenea alta, gruesa, cuadrada, parecía aplastar al tejado pardusco; encima

de la puerta, alguien, quizá el dueño anterior, había pintado con yeso una cruz grande que se destacaba blanca en el fondo sucio de la pared.

Abrieron la casa y entraron; dos o tres murciélagos refugiados en el viejo caserón salieron despavoridos.

No había muebles en las habitaciones; las ventanas no tenían cristales; en todos los cuartos sonaba a hueco. En la parte de atrás de la casa, una cerca de adobe medio derruída, cubierta con bardas de césped, limitaba un jardín abandonado en donde crecían dos cipreses negros y tristes y un almendro florido.

Del zaguán de esta casa se pasaba al vestíbulo de otra más pequeña, en donde vivía el colono con su familia. Mientras el amigo se ocupaba en desenganchar el caballejo del carricoche, Fernando se asomó a una ventana. Corría un viento frío. Veíase enfrente un cerro crestado lleno de picos que se destacaba en un cielo de ópalo. Allá, a lo lejos, sobre la negrura de un pinar que escalaba un monte, corría una pincelada violeta y la tarde pasaba silenciosa mientras el cielo heroico se enrojecía con rojos resplandores. Unos cuantos miserables, hombres y mujeres, volvían del trabajo con las azadas al hombro; cantaban una especie de guajira triste, tristísima; en aquella canción debían concretarse en queja inconsciente las miserias de una vida animal de bestia de carga. ¡Tan desolador, tan amargo era el aire de la canción! Obscureció; del cielo plomizo parecían llegar rebaños de sombras; el horizonte se hizo amenazador...

De noche, en la cocina, quemando sarmientos, a la luz de las teas puestas sobre palas de hierro, pa-

saron Fernando y su amigo hasta muy tarde. Se
acostaron, y toda la noche estuvo el viento gimiendo
y silbando.

XL

El día siguiente era domingo. Fernando se levantó temprano y salió de la casa. Su amigo se había marchado antes a ver un cortijo de las inmedia-
ciones.

Los alrededores de Marisparza eran desnudos,
parajes de una adustez tétrica, con cerros sin vegetación y canchales rotos en pedrizas, llenos de hendeduras y de cuevas.

En el raso desnudo, en donde estaban las dos vi-
viendas reunidas, había un aljibe encalado, con su
puerta azul y el cubo, que colgaba por un estropajo
de la garrucha; un poco más lejos, en los primeros
taludes del monte, se veía una balsa derruída y
cuadrada, en cuyo fondo brillaba el agua muerta,
negruzca, llena de musgos verdes.

Eran los alrededores de Marisparza de una desolación absoluta y completa. Desde el monte avanzaban primero las lomas yermas, calvas; luego, tierras
arenosas, blanquecinas, como si fueran aguas de un
torrente solidificado, llenas de nódulos, de mamelo-
nes áridos, sin una mata, sin una hierbecilla, plaga-
das de grandes hormigueros rojos. Nada tan seco,

tan ardiente, tan huraño como aquella tierra; los montes, los cerros, las largas paredes de adobe de los corrales, las tapias de los cortijos, los portillos de riego, los encalados aljibes, parecían ruinas abandonadas en un desierto, calcinadas por un sol implacable, cubiertas de polvo, olvidadas por los hombres.

Bajo las piedras brotaban los escorpiones; en los vallados y en las cercas corrían las lagartijas. Los grandes lagartos grises y amarilloverdosos se achicharraban inmóviles al sol. Unicamente en las hondonadas había campos de verdura; grandes pantanos claros, con islas de hierbas llenos de transparencias luminosas, en cuyo fondo se veían las imágenes invertidas de los árboles y el cielo azul cruzado por nubes blancas. En las alturas, la tierra era árida; sólo crecían algunos matorros de berceo y de retama.

Aquel día, Fernando, después de dar una vuelta y esperar a su amigo, entró en la cocina de la casa contigua. Como domingo, el labrador y su mujer habían ido a misa a un poblado próximo. No quedaba en casa mas que el abuelo y tres muchachas casi de la misma edad, ataviadas con pañuelos blancos en la cabeza.

La cocina era grande, encalada, con una chimenea que ocupaba la mitad del cuarto. De algunas perchas de madera colgaban arreos para los caballos y las mulas; en un rincón había un arca y sobre un vasar una caja de alhelíes.

Fernando estuvo charlando con el viejo y con las mozas; después se puso a jugar a la bola con dos muchachos de la casa, y cuando se cansó subió a su cuarto a distraerse con sus propias meditaciones.

Al mediodía volvió el amigo de Fernando.

—Mira —le dijo a éste—, yo aquí he terminado lo que tenía que hacer. Me voy; pero si tú quieres estar, te quedas el tiempo que te dé la gana.

—Pues me quedo.

—Muy bien.

Comieron, y el amigo se marchó en seguida de comer en su carricoche.

Fernando, al verse solo, sin saber qué hacer, se tendió en la cama. Desde allí, por la ventana abierta, veía los crestones del monte, destacándose con todas sus aristas en el cielo; a un lado y a otro las vertientes parecían sembradas de piedras; más abajo se destacaban algunos olivos en hileras simétricas, algunos viñedos y después el camino blanco, lleno de polvo, que se alejaba hasta el infinito, en medio de aquella desolación adusta, de aquel silencio aplanador.

Al caer de la tarde, Fernando se levantó de la cama y se fué a jugar otra vez a la bola con los dos muchachos, y cuando obscureció entró con ellos en la cocina. El labrador y su padre, ambos sentados en el banco de piedra, hablaban; la mujer hacía media; las mocitas jugueteaban.

El abuelo contó a Fernando las hazañas de Roche, un bandido generoso, como todos los bandidos españoles, y después describió las maravilas de una cueva del monte cercano, en la cual, según viejas tradiciones, se habían refugiado los moros. Se entraba en la cueva, decía el viejo, y a poco andar topaba uno con una puerta ferrada, que a los lados tenía hombres de piedra con grandes mazas; si alguno trataba de acercarse a ellos, levantaban las mazas y las dejaban caer sobre el importuno visitante.

Después de esta relación, el viejo le preguntó a Ossorio:

—¿Y qué? ¿Se va usted a quedar aquí durante algún tiempo?

—Sí, me parece que sí.

—A ver si hace usted como Juan Sedeño.

—¿Quién es? No le conozco.

—Juan Sedeño es un señorito de Yécora que se gastó todo el dinero en Madrid, y vino hace ocho años y no quiso ir a vivir a la ciudad, y dijo que en la corte o en el campo, y vive en una choza. Eso sí, se pasea por la casa con traje negro y con futraque.

—¿Pero, qué hace? ¿Lee o escribe?

No, no hace mas que eso: pasearse vestido como un caballero.

—Pues es una ocupación.

—¡Vaya!

Cuando dieron las diez se concluyó la reunión en la cocina, y se fueron todos a acostar. En los días posteriores, Fernando siguió haciendo las mismas cosas; aquella vida monótona comenzó a dar a Ossorio cierta indiferencia para sus ideas y sensaciones. Allí comprendía, como en ninguna parte, la religión católica en sus últimas fases jesuíticas, seca, adusta, fría, sin arte, sin corazón, sin entrañas; aquellos parajes, de una tristeza sorda, le recordaban a Fernando el libro de San Ignacio de Loyola que había leído en Toledo. En aquella tierra gris los hombres no tenían color; eran su cara y sus vestidos parduscos, como el campo y las casas.

XLI

Por las mañanas, Fernando se levantaba temprano, subía a los montes de los alrededores y se tendía debajo de algún pino.

Iba sintiendo por días una gran laxitud, un olvido de todas sus preocupaciones, un profundo cansancio y sueño a todas horas. Tenía que hacer un verdadero esfuerzo para pensar o recordar algo.

—Como las lagartijas echan cola nueva —se decía—, yo debo de estar echando cerebro nuevo.

Si después de hacer un gran esfuerzo imaginativo recordaba, el recuerdo le era indiferente y no quedaba nada como resultado de él; sentía la poca consistencia de sus antiguas preocupaciones. Todo lo que se había excitado en Madrid y en Toledo iba remitiendo en Marisparza. Al ponerse en contacto con la tierra, ésta le hacía entrar en la realidad.

Por días iba sintiéndose más fuerte, más amigo de andar y de correr, menos dispuesto a un trabajo cerebral. Se había hecho en el monte compañero del guarda de caza, un hombre viejo, chiquitín, con patillas, alegre, que había estado en Orán y Argelia, y contaba siempre historias de moros. Gaspar, así se llamaba el guarda, gastaba alpargatas de esparto, pantalón de pana, blusa azul, pañuelo encarnado en la cabeza y encima de éste un sombrero ancho. Gaspar tenía una escopeta de pistón, vieja, atada con bramantes, y no se podía comprender cómo disparaba y cazaba con aquello. Solía acompañar al guarda un perrillo de lanas muy chico, que, según decía su dueño, no había otro como él para levantar la caza.

En los paseos que daban el guarda y Fernando, hablaban de todo y resolvían entre los dos, de una manera generalmente radical, los más arduos problemas de la sociología, de la política y de lo que constituye la vida de los pueblos y de los individuos. Otras veces, Gaspar se constituía en maestro de Fernando, le contaba una porción de historias y le explicaba las virtudes curativas de las hierbas y algunos secretos médicos que sabía.

—Mire usted la verónica —le dijo una vez—. ¿Usted sabe por qué esa planta no tiene raíz?

—No, señor.

—Pues le diré a usted: un día fué el diablo y arrancó la mata del suelo y la tiró; pasó por allá San Blas, y, viendo la planta tirada, la puso otra vez en tierra, y así siguió viviendo, aunque sin raíz.

—¿Pero eso es histórico? —le preguntó Fernando.

—Pues no ha de serlo. Como que ahora es de día; lo mismo.·

—¿Usted cree en el diablo?

—Hombre. Aquí, en el monte, y de día, no creo... en nada; pero en mi casa, y de noche..., ya es otra cosa.

Fernando, sin contestarle, tiró de una de las plantas de verónica, y, quizá por casualidad, salió llena de raíces, y se la enseñó a Gaspar.

—Usted sí que es el diablo —le dijo el guarda, riéndose.

Muchas veces, andando por el monte, o tendidos con la pipa en la boca entre los matorros de brezos,

de romeros y de jaras, se olvidaban de la hora, y
entonces, cuando tardaban mucho, solían avisarles
desde Marisparza llamándoles con un caracol de
mar que producía un ruido bronco y triste.

Las tardes de los domingos, como Gaspar se
marchaba a hacer recados al pueblo, Fernando las
pasaba jugando en compañía de los dos chicos de la
casa, con una bola de hierro, arrojándola lo más lejos posible. Cuando se cansaba, sentábase en un
poyo de la puerta. Las gallinas picoteaban en el raso
de la casa; los carromatos venían por sl camino de
la parte de Alicante hacia la Mancha alta, grises,
llenos de polvo, de un color que se confundía con el
del suelo.

XLII

Como todos los de la alquería iban a Yécora a ver
las fiestas, fué también Fernando con ellos a casa
del administrador.

Le recibieron allí fríamente.

Por la noche del Miércolas Santo, los del pueblo
subían al castillo por un camino en ziszás, que tenía a trechos capillas pequeñas de forma redonda,
en cuyo fondo veíanse pasos pintados. Gente desha-
rrapada y sucia subía a lo alto, tocando tambores y
bocinas, en cuadrillas, deteniéndose en cada paso,
subiendo y bajando al monte.

Al día siguiente, por la tarde, Ossorio fué a ver la procesión de Jueves Santo. Se puso a esperarla en una calle ancha y en cuesta que tenía a los lados tapias y paredones de corrales, casas bajas de adobe, cuyas ventanucas estaban iluminadas con tristes farolillos de aceite. Cuando pasó la procesión por allí, era ya al anochecer; había obscurecido; las lamparillas de aceite de los balcones y ventanas brillaban con más fuerza; por encima de un cerro iba apareciendo una luna enorme, rojiza, verdaderamente amenazadora.

La procesión era larguísima.

Venían primero los estandartes de las cofradías, después dos largas hileras de soldados romanos, a ambos lados de la calle, con un movimiento de autómatas que hacían resonar las escamas plateadas de sus lorigas; tras ellos aparecieron judíos barbudos, negros, con la mirada terrible.

Luego fueron presentándose, todos en dos filas, grupos de veinte o treinta cofrades, vestidos con el hábito del mismo color, llevando en la mano faroles redondos colocados sobre altas pértigas; después aparecieron los disciplinantes, con sus túnicas y sus corazas rojas, verdes, blancas, en compañías que llevaban en medio los pasos, custodiándolos, entonando lúgubres plegarias, mientras algunos chiquillos desharrapados, delante de cada paso, iban marcando, con un rataplán sonoro, el ritmo de la marcha en sus tambores.

Se veía aparecer la procesión por la calle en cuesta, como un cortejo de sombras lúgubres y terribles. Ante aquellos pasos llenos de luces, ante aquella tropa de disciplinantes rojos, con su alta caperuza en la cabeza y el rostro bajo el antifaz, se sentía la amenaza de una religión muerta que, al revivir un momento y al vestirse con sus galas, mostraba el puño a la vida.

El pueblo, a los lados de la calle, se arrodillaba fervorosamente. Había un silencio grave, sólo turbado por el tañido de una campana.

De vez en cuando, algún hombre del pueblo aparecía en la procesión, descalzo, llevando atada al pie una cadena y, sobre los hombros, una pesada cruz.

Al último ya, al final de todos, cerrando la marcha, aparecieron dos filas larguísimas de disciplinantes, vestidos de negro, que llevaban un ancho cinturón y un gran escapulario, amarillos, y un cirio, también amarillo, apoyado por el extremo en la cintura. Era el colmo de lo tétrico, de lo lúgubre, de lo malsano.

Fernando, que se había inclinado al pasar los otros grupos de cofrades, se irguió, con intenciones de protestar de aquella horrible mascarada. Vió las miradas iracundas que le dirigían los disciplinantes, al ver su acto de irreverencia, los ojos negros llenos de amenazador brillo a través de los antifaces, y sintió el odio; cubrió su cabeza, ya que no podía hacer más en contra, y, volviendo la espalda a la procesión, se escabulló por una callejuela.

La gente rebullía por todas partes; pasaban como sombras labriegos envueltos en capotes de capucha parda, mujeres con mantellinas de otra época, gente de rostro denegrido y mirar amenazador y brillante.

De noche era costumbre visitar las iglesias; Fernando entró en una. En el ámbito anchuroso y negro se veía el altar iluminado por unas cuantas velas que brillaban en la obscuridad; el órgano, des-

pués de sollozar por la agonía de Cristo, había en-
mudecido por completo. Un silencio lleno de horro-
res resonaba en la negrura insondable de las na-
ves. En los rincones, sombras negras de mujer,
sentadas en el suelo, inclinaban la cabeza partici-
pando con toda su alma de las angustias y suplicios
legendarios del Crucificado.

Al entrar y salir, hombres y mujeres se arrodilla-
ban ante un Nazareno con faldas moradas, iluminado por una lámpara; después se abalanzaban sobre
él y besaban sus pies, con un beso que resonaba en
el silencio. Ponían los labios unos donde los habían
puesto los otros.

Delante de los confesionarios se amontonaban
viejas con mantellinas sobre la frente, y plañían y
lanzaban en el aire mudo, frío, opaco, de la iglesia,
hondos y dolorosos suspiros.

XLIII

Fué, quizá, al ver la persistencia de Fernando en
ir a la iglesia, por lo que la familia del administrador creyó que era el momento de catequizarle.

Un escolapio joven, profesor, que tenía fama de
talentudo, comenzó a ir con más frecuencia a casa
del administrador y a acompañar después en sus
paseos a Fernando. Este, que estaba asistiendo al
silencioso proceso de su alma, que arrojaba lenta-

mente todas las locuras misteriosas que la habían
enturbiado, no solía tener muchas ganas de hablar,
ni de discutir; pero el escolapio forzaba las conversaciones para llevarlas al punto que él quería, e inmediatamente plantear una discusión metafísica. A
Ossorio, a quien la discusión perturbaba la corriente
interior de su pensamiento, no le agradaba discutir;
y, unas veces, enmudecía; otras, murmuraba vagas
objeciones en tono displicente.

Hubo ocasión en que llegaron, no a discutir, sino
a incomodarse. Fué una tarde que salieron juntos;
hacía un calor terrible; el aire vibraba en los oídos;
no se agitaba ni una ráfaga de viento en la atmósfera encalmada, bajo el cielo asfixiante.

Fernando iba, malhumorado, pensando en la idea
que tendrían de él aquellos administradores para
ponerle un ayo, y en la que tendría el curita de sí
mismo y de sus condiciones de persuasión. Callaba
para no ocuparse mas que del cambio que por momentos iba sufriendo su espíritu; el escolapio le miraba entre las cejas, como si quisiera arrancarle el
pensamiento. Con lentitud y sin gran maña, después
de mil rodeos y vueltas, el cura llevó la conversación,
más bien monólogo, pues Fernando apenas si contestaba con monosílabos, a un asunto entre social y
religioso: la autoridad que debía de tener la Iglesia
dentro del Poder civil.

—Si tuviera más en España de la que tiene, yo
emigraría —murmuró Ossorio.

—¿Por qué?

—Porque me repugna la clerecía.

El escolapio no se dió por ofendido; dió varias
vueltas y pases al Poder civil y al religioso, y ya,
como seguro en sus posiciones, dijo:

—Todo eso parte de la idea de Dios. ¿Usted creerá en Dios?

—No sé —murmuró con indiferencia Fernando.

—¡Ah! ¿No sabe usted?

—A veces he creído sentirlo.

—¡Sentirlo! Misticismo puro.

—¡Psch! ¿Y qué?

A Fernando le molestaba la petulancia de aquel clérigo imbécil, que creía encerrada en su cerebro toda la sabiduría divina. El escolapio miraba de reojo a Ossorio, como un domador a un animal indomesticable.

Iba anocheciendo; la caída de la tarde era de una tristeza infinita. A un lado y a otro del camino se veían viñedos extensos de tierra roja, con los troncos de las viñas, que semejaban cuervos en hilera. Veíanse aquí manchas sangrientas de rojo obscuro; allá, el lecho pedregoso de un río seco, olivares polvorientos, con olivos centenarios, achaparrados, como enanos disformes, colinas calvas, rapadas; alguno que otro grupo de arbolillos desnudos. En el cielo, de un color gris de plomo, se recortaban los cerros pedregosos y negruzcos.

Pasaron por delante de una tapia larguísima de color de barro. Se veía la ciudad roñosa, gris, en la falda del castillo, y la carretera, que serpenteaba llena de pedruscos. Allá cerca, el campo yermo se coloreaba por el sol poniente, con una amarillez tétrica.

Fernando miraba y apenas oía. Sin embargo, oyó decir al escolapio que trataba de demostrarle que Dios sostenía la materia con su voluntad.

—Yo no le entiendo a usted —le replicó Fernando—. ¿De manera que, según usted, todo no está en Dios?

—¿Qué quiere usted decir con eso?

—Muy sencillo. Si Dios no es razón de todo, y si todo no ha venido de Dios, hay otro principio en el mundo.

—¿Otro principio?

—Sí; porque, oyéndole hablar a usted, parece que hay dos: Dios, uno, y la materia, otro.

—No... Dios creó la materia de la nada. Eso lo saben hasta los chicos.

—Es igual, son dos principios: Dios y una nada de donde se puede sacar algo.

—Dios sostiene la materia con su voluntad. El día que no la sostuviera, quedaría aniquilada.

—¿Usted cree que una cosa se puede aniquilar?

—Sí.

—Físicamente es imposible; químicamente, también.

—¿Y eso qué importa?

—Nada; que no queda mas que un aniquilamiento teológico, y a ese yo me sometería sin miedo.

Se iban acercando a Yécora; se veía el inmenso lugarón, con sus casas agrupadas y sus tejados pardos y sus chimeneas humeantes.

—Es orgullo lo que le hace pensar de ese modo —dijo el escolapio.

—En mí, que no afirmo nada, porque creo que no puedo llegar a conocer nada, es orgullo —replicó Ossorio con voz irritada—, y en usted, que afirma todo, que ha ordenado el mundo, que, según parece, su Dios lo dejó en desorden, es humildad.

El escolapio no contestó; después, volviendo a la carga, dijo:

—¿De modo que usted cree que la materia existe también en Dios?

—¿Creer? Creer me parecería demasiado. Hay una creencia que es afirmación; hay otra que es suposición. Supongo, creo, pero no afirmo que Dios es la razón de todo, la causa de todo.

—Entonces, es usted panteísta.

—No me importa el mote. Yo, como le decía antes, supongo o creo que hay en todas las cosas, en esa hierba, en ese pájaro, en ese monte, en el cielo, algo invariable, inmutable, que no se puede cambiar, que no se puede aniquilar... No... En lo íntimo creo que todo es fijo e inmutable. Y esto que es fijo, llámesele substancia, espíritu, materia, cualquier cosa, equis, que a nuestros ojos, por lo menos a los míos, es infinito; yo supongo, a veces, cuando estoy de buenhumor, que se reconoce a sí mismo y que tiene conciencia de que es...

—Se explica usted bien —dijo el escolapio sarcásticamente—. Tiene usted ideas muy peregrinas.

—No me choca que le parezcan peregrinas y absurdas, ni me preocupa esa opinión. Yo lo veo así. Si hay un Alma Suprema de las cosas, esa debe ser la razón de todo.

—¿Hasta del mal?

—Hasta del mal, sí. El mal es la sombra. La sombra es la necesidad de la luz.

—Nada, nada: dice unas cosas verdaderamente enormes... Y oiga usted, con esas teorías suyas, ¿qué fin le asigna usted al hombre?

—¿Fin?... Yo creo que nada tiene fin; ni lo que se llama materia, ni lo que se llama espíritu. He pensado a mi modo en esto, y con relación a la naturaleza, fin y principio me parecen palabras vacías. El principio de una transformación es al mismo tiempo fin de una, estado intermedio de otra y el fin es, a su vez, principio y estado intermedio.

—¿Y la muerte?

—La Muerte no existe, es el manantial de la vida, es como el mal, una sombra, una noche preñada de una aurora.

—Bueno, concretemos —dijo el escolapio, con sonrisa satisfecha—. De modo que ese Dios que usted supone, ¿no tiene influencia sobre los hombres?

—¿Influencia? Toda... o ninguna. Como le parezca a usted mejor.

—Bien. ¿No premia ni castiga?

—No sé. Supongo que no. Además, ¿para qué iba a castigar ni a premiar a la gente de un pobre planeta como el nuestro, regido por leyes inmutables? Ni las fechorías de los hombres son tan terribles, ni sus bondades son tan inmensas para que merezcan un castigo o un premio, y mucho menos un castigo o un premio eternos.

—¡Vaya si lo merecen! Cuando el hombre abusa de la libertad que Dios le ha dado y con el don de Dios se opone a los designios de su Creador, ¿no merece una pena eterna?

—¡Bah! ¡Abusar de la libertad que Dios le ha dado! Una libertad dada por Dios, creada por Dios, que tiene su corazón también en Dios, que Dios al otorgarla sabe su calidad y conoce con su omnisciencia el uso que ha de hacer el hombre con ella, ¿qué libertad es esa?

—No; Dios no conoce el uso que el hombre ha de hacer de su libertad; para eso le pone en el mundo, a prueba.

—¿Pero Él no sabe y prevé el porvenir del hombre?

—Sí.

—Entonces Él sabe ya de antemano lo que el hombre va a hacer de su voluntad, ¿a qué le prueba?

—No, no lo sabe.

—En ese caso no es omnisciente.

Sí. Figúrese usted un hombre subido a una torre que ve que dos hombres van a pelearse. Los ve, y, sin embargo, no puede evitarlo.

—Porque es hombre. Si fuera Dios, sería omnipotente y su voluntad sería bastante para evitar el encuentro.

—¿Entonces usted niega el libre albedrío?

—¿Y qué?

—Con usted no se puede discutir; niega usted la evidencia.

—No discutamos.

—El cura miró a Fernando de reojó, y repuso:

—Se va usted de la cuestión; no tratábamos del libre albedrío.

—No, yo por mi parte no trataba de nada.

—Usted cree —añadió el escolapio— que las acciones del hombre no merecen una pena o un premio, eternos e irrevocables; ¿no es eso?

—Eso es.

—Sin embargo, lo irrevocable debe de castigarse o premiarse de un modo irrevocable, ¿no es verdad?

—Sí, me parece que sí.

—Pues bien; hay acciones en el hombre que son definitivas, irrevocables. Un criminal que pegase fuego al Museo de Pinturas de Madrid, ¿no cometía una acción irrevocable? ¿Podrían volverse a rehacer los cuadros quemados? ¿Diga usted?

—No.

—Pues esa acción sería irrevocable.

—Físicamente, sí —respondió Ossorio.

—De todas maneras.

—No. Físicamente, objetivamente, todo es irrevocable. La piedra que ha caído, ha caído irrevocablemente, no podrá nunca haber dejado de caer; el hombre que ha cometido una mala acción, por pequeña que sea, no podrá nunca haber dejado de cometerla. En el mundo físico todo es irrevocable; en el mundo moral, al contrario, todo es revocable.

—No se puede discutir con usted.

Habían llegado al pueblo. Fernando se despidió del cura, se fué a casa, y de noche, aburrido, después de cenar, entró en el Casino y se sentó en el rincón de una sala grande y destartalada, en la que se reunían algunos compañeros de colegio. Le habían visto los amigos discutiendo con el escolapio y le preguntaron si trataba de catequizarle.

—Eso parece —respondió Ossorio.

—Pues ten cuidado —dijo uno—; te advierto que es un mozo listo.

—Sí, ¿eh?

—Vaya.

—No tiene más —añadió otro— que es un calavera. Ahora anda con la viuda esa recatándose...

—No, se recataba con la mujer de Andrés, el zapatero. Yo, que vivo enfrente de Andrés, he visto a la zapatera sentada en las rodillas del escolapio.

Fernando se alegró de la noticia; dada su falta de resolución, aquello era un arma en contra de las pretensiones irritantes del escolapio.

XLIV

A los dos o tres días, la discusión se entabló de nuevo; pero ya no fué a solas, sino en presencia del administrador, de su esposa, de la hija y del yerno.

Fué la batalla filosófica y hasta literaria; primero se cambiaron argumentos expresados en forma suave; luego pasaron a razones, si no más duras, expuestas con mayor crudeza. Fernando temía exasperarse discutiendo; pero lo que decía el escolapio era una continua provocación; llegó a hacerle alusiones sobre los desórdenes de su vida, y entonces Fernando ya no se pudo reprimir, y se desató en improperios y en bestialidades en contra del cura y de su administrador.

El escolapio, que comprendió que desde aquel momento tenía la partida ganada, reconoció que era un pecador que lo sabía...

Fernando no quiso oírle, y, bruscamente, abandonó el cuarto, bajó las escaleras y salió a la calle.

El inmenso poblachón estaba silencioso, mudo. Hacía luna llena; los faroles de la calle, por este motivo, se hallaban sin encender. El pueblo, iluminado fuertemente por la claridad blanca de la luna, aparecía extraño, fantástico, con la mitad de las calles a la sombra y la otra mitad blanco-azulada. En la zona de sombra, encima de algunos portales, véianse escintilar y balancearse vagamente farolillos encendidos, que iluminaban los santos de las hornacinas. Ossorio, indignado con ideas rencorosas, subió hacia la plaza; en el suelo se proyectaba, a la luz de la luna, oblicuamente, la sombra de la torre. Fernando comenzó a subir el Castillo por la calzada.

A un lado se veían las puertas azules de las cuevas empotradas en el monte. Fué subiendo hasta lo alto; había algunos sitios en donde se levantaban extraños peñascales laberínticos de fantásticas formas, unos de aspecto humano, tétricos, sombríos, con agujeros negros que parecían ojos, al ser sombreados por las zarzas; otros, afilados como cuchillos agudos, como botareles de iglesia gótica, de aristas salientes, que marcaban y perfilaban en el suelo y a la luz de la luna su sombra dentellada.

Al llegar Ossorio a una peña grande y saliente, avanzó por ella y se sentó en el borde. Desde allá se veía el lugarón, iluminado por la luna, envuelto en una niebla plateada, con los tejados blanquecinos y grises, húmedos por el rocío, que se extendían y se alargaban como si no tuvieran fin, simétricos, como si todo el pueblo fuera un gran tablero de ajedrez. Cerca se destacaban, con una crudeza fotográfica, las piedras y los peñascos del monte.

Al sentarse Fernando en aquella roca, vió muy abajo su silueta, que se reflejaba sobre la sombra gigantesca de la peña y que caía encima de un tejado. Alguna que otra luz salida de las casas del pueblo brillaba y parpadeaba confidencialmente.

Un perro comenzó a ladrarle.

Sin saber por qué, aquello reavivó sus iras. El hubiese deseado que la peña donde se sentaba, que todo el monte, fuera proa de barco gigantesco o reja de inmenso arado, que hubiese ido avanzando sobre aquel pueblo odioso, sin dejar en él piedra sobre piedra. El hubiese querido tener en su mano la máquina infernal, el producto terrible engendrador de la muerte, para arrojarlo sobre el pueblo y aniquilarlo y reducirlo a cenizas y terminar para siempre con su vida miserable y raquítica.

Pensó después en lo que iba a hacer. Si volvía al pueblo, podía caer en el engranaje aquel de la vida hipócrita de Yécora. Era necesario huir de allí, pero sin hablar a nadie, sin consultar a nadie. Volvió a su casa muy tarde; estaban todos acostados; arregló en su cuarto una maletilla, y luego, despacio, sin hacer ruido, salió de casa y se fué al Casino. Se hallaba desierto; en un rincón, en una mesa estaba solo Cabeza de Vaca, el gracioso de la Compañía de Yáñez de la Barbuda.

Fernando se sentó en otra mesa, e, inmediatamente, Cabeza de Vaca se acercó a saludarle.

—¿Va usted de viaje? —le preguntó al ver la maletilla que tenía Ossorio.

—Sí.

—¿Adónde va usted?

—No sé; a cualquier parte, con tal de salir de Yécora.

—Pero, ¿usted no es de aquí?

—Yo, no. Y usted, señor Cabeza de Vaca, ¿qué hace a estas horas en el Casino?

—¡Yo! Morirme de hambre y de *aburrición*. Ya sabrá usted que la Compañía se disolvió.

—No sabía nada.

—Antes de todo, ¿usted quiere mandar que me traigan un café? Hace mucho tiempo que no como nada caliente.

—Sí, hombre.

—Con leche y pan, si puede ser, ¿eh?

—Bueno.

—Pues, sí; se disolvió la Compañía, porque don Dionis arramblaba con los cuartos y nosotros *in albis*. Luego, a Yáñez de la Barbuda le mandó buscar su madre, y nos quedamos aquí parados. Gómez Manrique, aquel hombre negruzco de lentes, se marchó; no sé a quién le sacaría el dinero; el director de orquesta y las tres coristas se fueron contratados a un café cantante de Alcoy y nos quedamos la característica y sus dos hijas, y el maquinista, que está arreglado con la Lolita.

—¿Sí, eh? Si lo hubiera sabido mi primo el alcalde...

—¡Ah! ¿Pero el alcalde es primo de usted?

—Sí.

—Por muchos años.

—¡Psch! Es un animal.

Cabeza de Vaca hizo un guiño expresivo.

—Yo creo —dijo agarrando la taza de café con las dos manos y bebiendo con ansia—, señor don...; no sé cómo es su nombre de usted.

—Fernando.

—Pues, bien, don Fernando, creo que me engañé con respecto a usted; en el escenario, el día que le vi, le traté como un doctrino...: perdone usted.

—No vale la pena. Y diga usted, ¿qué han hecho ustedes en este tiempo, la característica, sus hijas y usted?

—Ellas muy bien; cabriteando las pobrecillas. Lolita, sobre todo, ha sido la salvación de la familia. Usted sabe; todos estos señores de la ciudad enviando cartas y alcahuetas que van, y alcahuetas que vienen, y visitas de señores serios y de curas que salían de noche embozados hasta la nariz en la capa. Las mujeres tienen esas ventajas —añadió Cabeza de Vaca, cínicamente:

—Al principio, a mí Mencía me prestó algún dinero; pero desde que se enteró el maquinista, el amigo de la Lolita, que es un bruto, animal, que se emborracha a todas horas, ya nada. He tenido que vivir como los camaleones; aquí un café, allá una copa...

—¿Y qué va usted a hacer?

—Pues no sé.

—¿Y ellas, se fueron?

—Hoy quizá salgan de la estación inmediata.

—Pues yo también me marcho.

—¿Pero cuándo?

—Ahora mismo.

—¿De veras se va usted? ¿Pero ahora, de noche?

—Sí.

—¿No le da a usted miedo?

—Miedo, ¿de qué?

—¡Qué sé yo! Si tuviera dinero para llegar a Valencia, me iría con usted.

—¿Cuesta mucho el billete?

—No; unas pesetas.

—Yo se las daré.

—Vamos, entonces, don Fernando... otro café no creo que estaría mal, ¿eh?

—Bueno, pero de prisa.

Tomaron el café; salieron del Casino, y después del pueblo. Comenzaba a lloviznar; hacía frío; no hallaron a nadie; la noche estaba negra; el camino obscuro. A las tres horas, estaban Fernando y Cabeza de Vaca en la estación del pueblo inmediato; lo primero que se encontraron allí fué la característica y a sus dos hijas, que andaban embozadas en

14

las toquillas, por el andén; el maquinista dormía en
un banco de la sala de espera.

Fernando se dirigió a la cantina, y por la influencia de un mozo de la estación, antiguo conocido
suyo, consiguió que le abrieran la taberna. Entraron
allá la característica y sus hijas, Cabeza de Vaca y
Ossorio. No había mas que unas rosquillas con sabor de aceite y aguardiente, pero ni las tres cómi-
cas ni el gracioso hicieron ascos y se atracaron de
rosquillas y de amílico.

Cuando llegó el tren y entraron todos en el vagón
de tercera, las mejillas estaban rojas y las miradas
brillantes; el maquinista, indignado porque no le
avisaron, se tendió en un banco a dormir.

Mientras el tren iba en marcha, la vieja característica, que se encontraba alegre, empezó a cantar
trozos de *Jugar con fuego* y de *Marina;* siguió Cabeza de Vaca con canciones del género chico, y después Mencía se arrancó con unas soleares y tientos
que quitaban el sentido.

—¡Si tuviéramos una guitarra! —se lamentó Cabeza de Vaca.

—¡Ahí va una! —dijo un hombre del mismo vagón, pero de otro compartimiento, que iba envuelto
en una gran manta listada.

Entonces ya la cosa se generalizó: Cabeza de
Vaca tocó la guitarra; la vieja y Lolita llevaban las
palmas y Mencía cantaba canciones gitanas, senti-
mentales, que hacían saltar lágrimas.

Cuando querrá la Virge
del Mayó Doló
q'esos peliyo rubio
te lo peine yo.

Y la vieja palmoteaba gritando desaforada un estribillo:

Ezo quiero, ezo quiero,
Eza pipa arraztrando po el zuelo.

Y Mencía, más sentimental, con las lágrimas en los ojos entornados, arrullaba y seguía achicando la frente, levantando las cejas, poniendo una cara de una voluptuosidad enferma:

En el hospitaliyo
a manita erecha
ayí tenía mi compañerito
su camita jecha.

Y la vieja palmoteaba gritando desaforada su estribillo. Toda la gente de los otros compartimientos, levantada, gritaba y tomaba parte en el espectáculo.

Después que se aburrieron de cantar, Cabeza de Vaca empezó a puntear un tango; Lolita se levantó, le pidió un sombrero ancho a un tipo de chalán o de ganadero, que iba en el vagón, se lo puso en la cabeza, inclinado, se recogió hacia un lado las faldas, y cuando el tren paró en una estación, comenzó a bailar el tango. Era el baile jacarandoso, lleno de posturas lúbricas, acompañado de castañeteo de los dedos, en algunos pasajes con conatos de danza de vientre; producía un entusiasmo entre los espectadores delirante. Jaleaban todos con gritos y palmadas. Al ir a concluir el baile, echó a andar el tren; Lolita perdió o hizo como que perdía el equilibrio, y fué a sentarse de golpe sobre las rodillas de

Fernando. Este la cogió de la cintura y la sujetó sin que ella ofreciera gran resistencia.

—¡Ande usted con ella! —vociferaban de todos los compartimientos.

Ella se volvió a mirar a Fernando, y en voz baja le dijo:

—¡Guasón!

XLV

—Es extraño —pensaba Ossorio— cómo se desenmascara el hombre en algunas ocasiones; el sacarlo de su lugar, de su centro, pone claramente en evidencia sus inclinaciones, su modo de ser. Un vagón de un tren es una escuela de egoísmo.

El sitio en que Ossorio filosofaba, era la sala de una estación manchega, donde se cambiaba el tren para dirigirse a Valencia.

Los viajeros de primera y segunda, unos habían pasado al café; la mayoría de los de tercera quedaban en los bancos de la sala, durmiendo. Los cómicos habían entrado en el café con la seguridad de que Fernando pagaría, y Lolita, sentada junto a él, con pretexto de que tenía frío, se le iba echando encima, hasta que inclinó la cabeza sobre su hombro, y se durmió. Fernando no se sentía romántico; cogió entre sus manos la cabeza de la muchacha y la apoyó en el hombro de la característica, a quien le dijo que iba a dar una vuelta, que podían dormir; él les avisaría cuando llegara el tren. Pagó el gasto y salió al andén.

Entró en la sala de espera, convertida en dormitorio. Un mechero de gas, en una lira de hierro, temblaba, iluminando con su luz roja y vacilante las paredes sucias, llenas de carteles de ferias y anuncios, los hombres dormidos embozados en las mantas. Algunos iban y venían, y taconeaban con furia de frío; otros, más tranquilos, hablaban recostados en las paredes; no faltaba la labriega de rostro atezado, vestida de negro, que con la cara indiferente y dura, y la mirada vacía, se preparaba a esperar sentada en el banco media noche, con la mano apoyada en la cesta, sin moverse ni pestañear siquiera.

En un rincón, un hombre vestido de negro, cepillado, limpio, con el tipo del empleado decente que se muere de hambre, su mujer y una niña de siete a ocho años, que asomaba su cara aterida y pálida por encima del embozo de un mantón raído, miraban atentamente los movimientos de unos y otros, encogidos los tres como si tuvieran miedo de ocupar más sitio que el preciso.

Fernando salió al andén.

En uno de los bancos vió tendido a un hombre embozado en la capa, que roncaba como un piporro. Había colgado su maleta, por las correas, de un farol y apoyaba la cabeza en ella. Encima del banco en donde se había puesto, estaba la campana para señalar las salidas de los trenes. Además de la maleta, el hombre llevaba como equipaje dos jaulas, altas como las de las perdices, pero mucho más grandes, y dentro, en cada una, un gallo.

Silbó un tren. Un mozo hizo sonar varias veces la campana. El hombre de los gallos, entonces, se incorporó, bostezó, se arregló la bufanda, cogió sus dos jaulas, y entró en un vagón de tercera.

Fernando preguntó adónde iba aquel tren que llegaba; le dijeron que a Alicante; pensó que lo más fácil para escaparse de los cómicos sería meterse allí; cogió su maleta, y cuando el tren comenzaba su marcha, se subió al estribo.

XLVI

¿Fué manuscrito o colección de cartas? No sé; después de todo, ¿qué importa? En el cuaderno de donde yo copio esto, la narración continúa, sólo que el narrador parece ser, en las páginas siguientes, el mismo personaje.

. . . .
. . . .

Ya no podía vivir allí. Tomé el tren, y he bajado en la primera estación que me ha parecido: en la estación de un pueblo encantador. Como aquí no hay más posada que una, que está cerca de la estación, y deseo no oír ruido de trenes y de máquinas, he preguntado en dos o tres sitios dónde podrían hospedarme, y me han indicado una casa de labor de fuera del pueblo, en el camino real, y aquí estoy.

Mi cuarto es grande, de paredes blanqueadas; en el techo tiene vigas de color azul con labores toscas de talla; el balcón, con el barandado de madera carcomida, es de gran saliente y da al camino real.

Estoy alegre, satisfechísimo de encontrarme aquí. Desde mi balcón ya no veo la desnudez de Marisparza. Enfrente, brillan al sol campos de verdura; las amapolas rojas salpican con manchas sangrientas los extensos bancales de trigo que se extienden, se dilatan como lagos verdes con su oleaje de ondulaciones. Por la tierra, inundada de luz, veo pasar la rápida sombra de las golondrinas y la más lenta de las palomas que cruzan el aire. Un perro blanco y amarillo se revuelca en un campo de habas, mientras un burro viejo, atado a una argolla, le mira con un tácito reproche, con las orejas levantadas.

En el corral, que veo desde mi balcón, los polluelos pican en montones de estiércol; gruñen los estúpidos cerdos y andan de acá para allá con ojillos suspicaces y actitudes de misántropo; cacarean las gallinas, y un gallo, farsantón y petulante, con sus ojos redondos como botones de metal, y su cresta y su barba de carnosidad roja, se pasea con ademanes tenoriescos.

Aquí no se ven pedregales como en Marisparza; todo es jugoso, claro y definido, pero alegre. A lo lejos veo montes cubiertos de pinares negruzcos; más cerca, entre los viñedos, un cerrillo poblado por pinos de copa redonda. Arriba, muy alto, en el espacio azul, sin mancha, resplandeciente, se divisan los gavilanes, que trazan lentas curvas en el cielo.

Es la vida, la poderosa vida que reina por todas

partes; las mariposas, pintadas de espléndidos colores, se agitan temblando sobre los sembrados verdes; las altas hierbas vivaces brotan lángidas, hol-
gazanas, en los ribazos; pían, gritan los gorriones
en los árboles; revolotean en algarabía chillona golondrinas y vencejos; corren como flechas las aéreas
libélulas de alas de tul verde y dorado; los mosqui-
tos zumban en nube; pasan como balas los grandes
insectos de caparazones negros, brillantes; rezon-
güean las abejas y los moscones, curioseando por
los huecos de tapias y paredes, y el gran sol, padre
de la vida, el gran sol, bondadoso, sonríe en los
campos verdes y claros de alcacel, incendia las rocas del monte, con su luz vivísima, y va rebrillan-
do en el agua turbia y veloz de las acequias que
se desliza con rápido tumulto, y ríe con gorjeos
misteriosos por las praderas florecidas y llenas de
rojas amapolas.

¡Oh, qué primavera! ¡Qué hermosa primavera!
Nunca he sentido, como ahora, el despertar profundo de todas mis energías, el latido fuerte y poderoso de la sangre en las arterias. Como si en mi alma
hubiese un río interior detenido por una presa, y, al
romperse el obstáculo, corriera el agua alegremente,
así mi espíritu, que ha roto el dique que le aprisionaba, dique de tristeza y de atonía, corre y se desliza cantando con júbilo su canción de gloria, su
canción de vida; nota humilde, pero armónica en el
gran coro de la Naturaleza Madre.

Por las mañanas me levanto temprano, y la cabeza al aire, los pies en el rocío, marcho al monte, en
donde el viento llega aromatizado con el olor balsá-
mico de los pinos.

Nunca, nunca ha sido para mis ojos el cielo tan

azul, tan puro, tan sonriente; nunca he sentido en mi alma este desbordamiento de energía y de vida. Como la savia hincha las hojas de las piteras, llora en los troncos de las vides y las parras podadas, llena de florecillas azules los vallados del monte y parece emborracharse de sangre en las rojas corolas de los purpurinos geranios, así esa corriente de vida en mi alma le hace reir y llorar y embriagarse en una atmósfera de esperanzas, de sueños y locuras.

Por las tardes, recorro la almazara y el lagar, obscuros, silenciosos, y cuando por alguna rendija de las ventanas entra un rayo de sol como un dardo de fuego o una vara de metal fundido hasta el blanco dorado, en donde nadan las partículas de polvo, siento una inexplicable alegría.

Estos rincones de la casa de labor, estas cosas primitivas y toscas, la zafra donde se tritura la aceituna, el molón de piedra grande y cónico, las tinajas de barro, que parecen gigantes hundidos en el suelo, todo me sugiere pensamientos de algo que no he visto jamás y me produce un recuerdo de sensaciones quizá llegadas a mí por herencia.

Suelo comer y cenar en el zaguán, en una mesa pequeña, cerca de los hombres que vuelven del trabajo del campo. Estos lo hacen por orden: los mayorales de mula y muleros, sentados; los chicos que llaman burreros, de pie. Rezamos todos al empezar y al concluír de comer.

No pinto, no escribo, no hago nada, afortunadamente. De noche oigo el canto tranquilo, filosófico de un cuco y el grito burlón y extraño de un pavo real que siempre está en el tejado.

¡Cuánta vida y cuánta vida en germen se ocultará en estas noches! —se me ocurre pensar. Los pájaros reposarán en las ramas, las abejas en sus colmenas; las hormigas, las arañas, los insectos todos, en sus agujeros. Y mientras éstos reposan, el sapo, despierto, lanzará su nota aflautada y dulce en el espacio; el cuco, su voz apacible y tranquila; el ruiseñor, su canto regio; y en tanto la tierra, para los ojos de los hombres, obscura y sin vida, se agitará, estremeciéndose en continua germinación, y en las aguas pantanosas de las balsas y en las aguas veloces de las acequias brotarán y se multiplicarán miriadas de seres.

Y, al mismo tiempo de esta germinación eterna, ¡qué terrible mortandad! ¡Qué bárbara lucha por la vida! ¿Pero para qué pensar en ella? Si la muerte es depósito, fuente, manantial de vida, ¿a qué lamentar la existencia de la muerte? No, no hay que lamentar nada. Vivir y vivir..., esa es la cuestión.

XLVII

Por más que hago, no he desechado todavía el prurito de analizarme, y, aunque me encuentro tranquilo y satisfecho, analizo mi bienestar.

¿Es una idea sana que ha entrado en mi cerebro la que me ha proporcionado el equilibrio —me pregunto—, o es que he hallado la paz inconscientemente en mis paseos por la montaña, en el aire puro y limpio?

Lo cierto es que hace dos semanas que estoy aquí, y empiezo a cansarme de ser dichoso. Como me hallo ágil de cuerpo y de espíritu, no siento el antiguo cúmulo de indecisiones que ahogaban mi voluntad; y, una cosa imbécil que me indigna contra mí mismo, experimento a veces nostalgia por las ideas tristes de antes, por las tribulaciones de mi espíritu. ¿No es ya demasiada estupidez?...

Esta mañana he hablado en el café de la estación con un vendedor de dátiles que comercia en algunos pueblos de la costa, y, enredándose la charla, ha resultado que conoce a mi tío Vicente, el cual es pariente mío, porque estuvo casado con una prima de Laura. Se encuentra, según me ha dicho, de médico en un pueblo de la provincia de Castellón.

Le he escrito. Se me ha ocurrido ir a verle. Creo que lo agradecerá. Este médico se casó muy a disgusto de nuestra familia con mi tía, la prima de mi padre; ella murió sin hijos al año, y el médico, probablemente aburrido de espiritualidad y de romanticismo, se volvió a casar con una labradora, lo cual, para Luisa Fernanda y Laura fué y sigue siendo un verdadero crimen, la prueba palmaria de la grosería y de la torpeza de sentimientos de ese medicastro cerril.

XLVIII

He tomado el tren al amanecer. A eso de las diez de la mañana estaba llamando en casa de mi tío.

El pueblo es grande. Cuando llegué, las calles estaban inundadas de sol, reverberaban vívida claridad las casas blancas, amarillas, azules, continuadas por tapias y paredones que limitan huertas y corrales. A lo lejos veía el mar y una carretera blanca, polvorienta, entre árboles altos que termina en el puerto.

Se sentía en todo el pueblo un enorme silencio, interrumpido solamente por el cacareo de algún gallo. El tartanero, a quien dije adonde me dirigía, paró la tartana en una callejuela que tiene a ambos lados casas blancas, rebosantes de luz. Llamó, y entré en el zaguán.

Mi tío salió a recibirme, me conoció, me dió la mano, pagó al tartanero e hizo que una muchacha subiese la maleta al piso de arriba. Mi tío tenía que hacer una visita, y me ha dejado solo en la sala. He salido al balcón; el pueblo está silencioso; las casas, con sus persianas verdes, sus ventanas y puertas cerradas, parecen abstraídas en perezosas meditaciones. De vez en cuando pasan algunas palomas, haciendo zumbar el aire ligeramente con sus alas.

Ha venido la criada, y, llamándome *señoret,* me ha dicho que las señoras habían venido de la iglesia, que la comida estaba en la mesa. He bajado las escaleras y he entrado en el comedor, con la sonrisa de un hombre que quiere hacerse amable. Me ha presentado mi tío a su mujer; la he hecho un saludo ceremonioso; he dado un apretón de manos a Dolores, la hija mayor; un beso a Blanca, una chiquilla muy graciosa; he acariciado a un niño de dos o tres años; hemos empezado la comida, y, por más esfuerzos que he hecho para animar la conversación, la frialdad ha reinado en la mesa.

Después de comer, Blanca, que es una chiquilla muy traviesa y comunicativa, me ha enseñado la casa, que no tiene nada de particular, pero que es muy cómoda. En el piso bajo están el comedor, el despacho del padre, la cocina, la despensa y un patio que conduce a un corral; en el piso de arriba hay la sala grande con dos balcones a la calle, y las alcobas.

Ha debido de ser cuestión de bastante tiempo el arreglarme el cuarto; yo, para dejar libertad, me he ido al Casino. Al volver me han enseñado mi cuarto. Es un gabinete grande, hermoso, enjalbegado de cal, con el suelo de azulejos azules y blancos, relucientes; tiene un sofá, varias sillas azules, un espejo, un lavabo y una cama de madera de limoncillo, esta última, muy coquetona, muy baja, con cortinas azules de seda.

El balcón del gabinete da a un terradito, en cuesta, hecho sobre un tejadillo del piso bajo de la casa. En un rincón nace una parra que sube por la pared; ya con las hojas crecidas, del tamaño del ala de un murciélago, y en la pared también hay unos cuantos alambres cruzados, de los que cuelgan filamentos de enredaderas secas. En el suelo, en graderías verdes, hay algunas macetas.

Estoy ahora aquí, sentado. ¡Qué sitio más agradable! Enfrente, por encima de las tejas, veo la torre de un convento, torcida, con su veleta adornada, con un grifo largo y escuálido que tiene un aspecto cómicamente triste. Me ha parecido conveniente hacerle una salutación, y le he dirigido la palabra: ¡Yo te saludo, pobre grifo jovial y bondadoso —le he dicho—; yo sé que, a pesar de tu actitud fiera y rampante, no eres ni mucho menos un monstruo; sé que tu lengua bífida no tiene nada de venenosa como la de los hombres, y que no te sirve mas que para marcar sucesivamente, y no con mucha exactitud, la dirección de los vientos! ¡Pobre grifo jovial y bondadoso, yo te saludo y reclamo tu protección! Al oírme invocarle así, el grifo ha cambiado de postura gracias a un golpe de viento, y le he visto con la cabeza apoyada en la mano, dudando...

I L

En esta casa me tratan con gran consideración, pero con un despego absoluto. A mi tío le escuece aún el poco aprecio que hicieron de él los parientes de su difunta esposa, y, de rechazo, no me puede ver a mí tampoco. Su mujer cree que soy un aristócrata; se conoce que le ha oído hablar a su marido de mis tías, como si fueran princesas, y se figura que, aunque todo me parece mal, no lo digo porque soy maestro en el disimulo.

Temo haber venido a perturbar las costumbres de la casa. La más asequible de todos es Blanca, la chica, que suele venir a mi cuarto y charlamos los dos.

Por ella he sabido que ese cuarto tan alegre, con su cama de limoncillo y sus cortinas azules, es el de mi prima Dolores, así la llamo, aunque no seamos parientes. He buscado una ocasión de decirle a ésta que han hecho mal en privarla de su gabinete.

Dolores suele regar las macetas del terradito al anochecer, acompañada de Blanca. Andan las dos de aquí para allá, y por lo que hablan y lo que discuten se diría que están dirigiendo la más trascendental de las cuestiones. ¡Lo que les intriga cada planta!

Un tiesto está colocado en medio de una cazuela con agua para impedir que entren en él las hormigas; el otro tiene una capa de arena o de mantillo; en el de más allá echan las colillas que tira el padre.

Hoy he esperado el momento de encontrar a Dolores sola. Ha venido con la regadera en la mano derecha y el niño en el brazo izquierdo. Yo me he hecho el distraído. La verdad, no me había fijado en mi prima hasta ahora.

Es agradable como puede serlo una muchacha de pueblo; es morenuzca, con un color tostado, casi de canela, un color bonito. Ahora, como las mujeres poseen la suprema sabiduría y la suprema estupidez al mismo tiempo, mi prima manifiesta la última condición, llenándose la cara de polvos de arroz a todas horas. Tiene los dientes muy blancos; una sonrisa tranquila y seria; los ojos grandes, muy negros, tenebrosos, con largas pestañas; las caderas redondas, y la cintura muy flexible.

He esperado a que Blanca saliese del terrado por un momento para hablar a Dolores.

—Han hecho ustedes mal en darme este cuarto tan bonito. Si hubiera sabido que era el de usted, no lo hubiera aceptado.

No he concluído la frase y he visto a la muchacha que se ponía roja como una amapola. Me he quedado yo también azorado al ver la turbación suya, y no he sabido qué decir; afortunadamente ha entrado Blanca y se han puesto a hablar las dos.

Hago mil suposiciones para explicarme su azoramiento. ¿Por qué se ha turbado de tal manera? ¿Ha creído que tenía intenciones de mortificarla? Me decido a volver a hablarla.

Después de cenar, en un momento en que su padre ha salido del comedor y su madre ha quedado dormida, la he dicho:

—Esta tarde me pareció que le había molestado a usted lo que dije; no sé lo que pude decir, pero creo que interpretó usted mal mis palabras,

—¿Qué quiere usted? Soy muy torpe.

—Si alguna inconveniencia se me escapó, perdóneme usted; fué inadvertidamente.

—Está usted perdonado.

—¿Eso quiere decir que estuve inconveniente, y que, además, le molesté a usted?

No ha contestado nada.

Me he levantado de la mesa incomodado por una estupidez tal. Indudablemente, España es el país más imbécil del orbe; en otras partes se comprende quién es el que trata de ofender y quién no; en España nos sentimos todos tan mezquinos, que creemos siempre en los demás intenciones de ofensa. Estoy indignado. He decidido encontrar un pretexto y largarme de aquí.

L

Hoy me he levantado con la intención de marcharme. Como el tren sále del pueblo a la noche, me he puesto por la tarde a meter en mi maleta alguna ropa. En esta operación me ha visto mi prima Dolores al pasar a regar sus tiestos.

—¿Pero, qué? ¿Está usted haciendo la maleta?

—Sí; tengo que marcharme; una noticia imprevista...

Como no tengo costumbre de mentir, ni tenía para qué, no he dicho más.

—Vamos, que ya se ha aburrido usted de estar con nosotros —ha dicho ella, sonriendo.

—No —he contestado secamente—, ustedes son los que se han aburrido de mí.

—¡Nosotros!

—Sí.

—Hablando y discutiendo, no ha podido menos Dolores de comprender la verdad, que yo me marchaba por ellos, porque veía que molestaba. Ella ha protestado calurosamente.

—No, no —le he dicho—, comprenderá usted que no es cosa de estar en una casa en donde uno mo-

lesta, en donde se cree que uno se burla de la hos-
pitalidad que recibe.

—Espere usted siquiera una semana.

Tras de la explicación hemos llegado a una buena inteligencia con Dolores y a la amistad cariñosa
con Blanca.

He exigido que me muden de cuarto, y ahora
duermo en una alcoba obscura del fondo de la casa.
Me he empeñado en conquistar a la familia. La
mamá está casi conquistada, pero el padre es terrible; no hay medio de desarrugar su ceño.

Por la tarde, la mamá y las dos muchachas cosen
en el gabinete; esta debía de ser la costumbre de la
casa; yo entro y salgo en el cuarto y hablamos por
los codos. Se ha roto el hielo, al menos en lo que se
refiere al elemento femenino de la casa. Yo les ha-
blo de París, de Suiza y de Alemania, y les tengo
muy entretenidos.

Delante de su padre me guardaría muy bien de
hacerlo, porque aprovecharía la ocasión para decir
alguna cosa desagradable, como, por ejemplo, que
los que tienen dinero para viajar son los que no sirven para nada, y ni aprenden ni sacan jugo de lo
que ven.

Mi tío es especialista en vulgaridades democráti-
cas. Mi tío es republicano. Yo no sé si hay alguna
cosa más estúpida que ser republicano; creo que no
la hay, a no ser el ser socialista y demócrata.

Ni mi tía, ni mis primas son republicanas. Esas
son autoritarias y reaccionarias, como todas las mujeres; pero su autoritarismo no les hace ser tan des-
póticas como su democracia y su libertad a mi republicano tío.

Al anochecer, las dos muchachas dejan el tra-

bajo y andan de aquí para allá. Todas son sor-
presas.

—Mira, Blanca, qué pronto ha brotado esta flor.

—¡Ay!, *dona,* ya han salido las enredaderas que
planté.

El otro día le dije a Dolores:

—Pues si tuviera usted un gran jardín, ¿qué haría usted?

—¡Psch! Tenemos un huerto; pero no crea usted
que me gusta más que este terrado.

Un conocido, que creo que es el fotógrafo, a quien
encuentro en el Casino, y que trata de inculcarme
el sentimiento de superioridad suyo y mío, por ser
madrileños ambos, supone que me gusta mi prima,
y no creo que esté en lo cierto.

Dolores y yo no nos entendemos; siempre estamos regañando. Yo le digo que estos pueblos valencianos no me gustan: blanco y azul, yeso y añil, no
se ve más, todo limpio, todo inundado de sol, pero
sin gracia, sin arte; pueblos que no tienen grandes
casas solariegas, con iglesias claras, blanqueadas,
sin rincones sombríos.

—A Fernando no le gusta nuestro pueblo —ha
dicho ella a su madre en tono zumbón—. ¡Como él
es artista y nosotros somos unos palurdos! ¡Como
no hablamos con gracia el castellano y no decimos
poyo ni *cabayo* como él!... Pues *veas* tú si eso es
bonito.

Hemos seguido discutiendo que si valencianos, que
si castellanos, y yo para incomodarla, la he dicho:

—Pues yo, la verdad, no me casaría con una va-
lenciana.

—Ni yo con un madrileño —me ha costentado
Dolores rápidamente.

LI

He comenzado a hacer el retrato de Dolores, y ha transcurrido el día de la marcha y me he quedado.

¡Me encuentro tan bien aquí!...

El retrato lo estoy haciendo en el terrado al ponerse el sol. Dolores se cansa en seguida de estar quieta. El primer día vino con la cara más empolvada que nunca.

Yo le dije que tan blanca me parecía un payaso, y después estuve hablando mal de las mujeres que se pintan o se llenan la cara de polvos de arroz. Ella quiso demostrar que una cosa es distinta de otra; yo afirmé rotundamente que era igual.

Desde el segundo día de sesión viene sin polvos de arroz, pero se preocupa mucho por lo negra que está.

El retrato no me sale por más que trabajo, y podría ser una cosa bonita. La figura esbelta de Dolores, vestida de negro, se destaca admirablemente sobre la tapia verde, picoteada de puntos blancos, llena de manchas obscuras de las goteras.

He recurrido a un expediente, dentro del arte, vergonzoso; le he pedido a mi amigo el fotógrafo la máquina y he hecho dos retratos: uno de Dolores y otro de su madre, y un grupo de toda la familia. Después los he iluminado con una mezcla de barniz y de pintura al óleo. Un verdadero crimen de leso arte. Han parecido mis retratos verdaderas maravillas.

Lo que he hecho con gusto ha sido un apunte que me ha resultado bastante bien: el suelo, de ladrillos rojos; las gradas, verdes; las manchas rojas de los geranios en flor sobre la tapia, y encima de ésta el cielo azul con estrías doradas, y la espadaña medio caída y ruinosa. Hay en este apunte algo de tranquilidad, de descanso.

No me podía figurar el reposo, la dulzura de estos crepúsculos. Se oye el murmullo de la gente del pueblo que a esa hora empieza a vivir; las golondrigas chillan dando vueltas alrededor de la torre, y las campanas de la iglesia suenan encima de nosotros.

Después de la sesión, cuando Dolores deja de pasear y se dedica a la costura, discutimos acerca de muchas cosas, de arte, inclusive.

No comprende que se puedan pintar figuras feas, de cosas tristes; no le gusta nada torturado, ni obscuro.

Ella, si supiera pintar, dice que pintaría mujeres hermosas y rubias; a Dolores la rubicundez le parece una superioridad inmensa; pintaría también escenas de caza con ciervos y caballos, bosques, jardines, lagos con su correspondiente barca; cosas claras y sonrientes.

No se la convence de que puede haber belleza, sentimiento, en otras cosas. Es una muchacha que tiene una fijeza de ideas que a mí me asombra, y, sobre todo, un sentimiento de justicia y de equidad extraño en una mujer, que yo ataco con paradojas.

El madrileñismo mío, más fingido que otra cosa, porque yo nunca tuve entusiasmo por Madrid, le indigna.

—Después de todo —le digo yo—, crea usted que

es lógico que la gente del pueblo, la gente ordina-
ria, trabaje para nosotros los elegidos, porque así
se forma una casta superior directora, que puede de-
dicarse al arte, a la literatura.

—Vamos, que vivan los zánganos y que trabajen
las abejas.

—Usted no debe decir eso.

—¿Por qué? ¿Cree usted que soy zángana? Pues
soy abeja.

LII

El fotógrafo, que trata de convencerme de la superioridad de todo hombre que haya nacido entre las
Vistillas y el Hipódromo, tiene razón. Dolores me va
gustando cada vez más. A medida que pasan días,
encuentro en mi prima mayores encantos.

Tiene unos ojos que antes no me había fijado en
ellos; unos ojos, que parece que van a romper a hablar a cada momento, sombreados por las pestañas
que se le acercan a las cejas, y le dan una expresión
de pájaro nocturno. Luego, bajo la apariencia de
muchacha traviesa, hay en ella una ingenuidad y
una candidez asombrosa, sin asomo de fingimiento.

El otro día estaban de visita unas amigas de Dolores. Al ver una lámina de un periódico ilustrado,
en donde venía el retrato de Liane de Pougy, se comenzó a hablar de estas heteras célebres. Me pre-

guntaron a mí si conocía algunas, y les dije que sí, que había visto bailar a la Otero, a la Cleo de Merode y algunas otras.

—¡Valientes tunantas serán! —dijo una de las amigas de Dolores—. Si yo fuera hombre, no las había de mirar ni a la cara.

—Pues yo creo que si fuera hombre me gustarían mucho —saltó Dolores.

Todas protestaron. Después que se fueron las visitas, Dolores me dijo que hace colección de estampas de cajas de fósforos, y de eso conoce los retratos de la Otero y de las otras bailarinas y actrices. En un armario tiene unas cajitas con fotografías, cartas de sus amigas del colegio de Orihuela, en donde se educó, y otra porción de quisicosas guardadas.

Mientras me enseñaba estos tesoros, que yo iba examinando atentamente, le dije como quien no da importancia a la cosa:

—Es raro que nosotros nos hablemos de usted siendo primos.

—¡Bah! Es un parentesco el nuestro tan lejano...

Blanca me ha ayudado, y ha hecho que, en broma, Dolores y yo nos hablemos de tú.

LIII

La noticia fué para mí terrible. Me dijeron que Dolores tenía novio. En el Casino me aseguraron que recibía cartas de Pascual Nebot, el hijo de uno de los propietarios importantes del pueblo. La noche pasada fuí al Casino por conocerle.

Es un hombre alto, fornido, rubio, de cara juanetuda y barba larga, dorada. No sé si notó algo en mí; probablemente me conocería; me pareció que me miraba con una atención desdeñosa. Es tipo de hombre guapo, pero tiene esa ironía antipática y amarga de los levantinos, que ofende y no divierte, una ironía sin gracia, que niega siempre, sin bondad alguna.

Este Nebot tiene fama de republicano y de anticlerical, y goza de un gran prestigio entre la gente del pueblo. Es también federal o medio regionalista, y hace alarde de hablar siempre en valenciano. Se le tiene por un Tenorio de mucha fortuna.

A pesar de su fachenda, me parece que no ha de conquistar a mi prima. Yo estoy decidido a abandonar mi indolencia y a tener una voluntad de hierro. Me voy a encontrar gracioso echándomelas de hombre fuerte.

Anteayer acompañé a Dolores a las flores de María. Como la madre no puede ir, fué ella acompañada de la señora Mercedes, una vieja criada de la familia, más negra y más curtida que un salvaje.

Dolores estaba preciosa; indudablemente no pudo resistir la tentación de darse algunos polvos de arroz en la cara; me pareció muy blanca, verdad que su cabeza estaba rodeada de negro: el pelo, la mantilla, el vestido; luego, para que se destacara más la gracia de su talle y de su rostro, llevaba a la señora Mercedes al lado, que parecía el monstruo familiar; una dueña fiel y espantable que iba acompañando a su ama.

Se lo dije así a Dolores y se echó a reír; la fuí acompañando, verdaderamente orgulloso de ir con ella, echamos por el camino más largo, por entre callejuelas. Me pareció que causábamos sensación en el pueblo.

Al llegar a la puerta de la iglesia, un arco gótico, en cuyo fondo negro brillaban mil luces de cirios, nos detuvimos.

—¿Vas a entrar? —me preguntó ella.

—Sí. Entraré: te esperaré a la salida.

En la iglesia el aire estaba tibio, saturado de un olor voluptuoso de incienso y de cera. El altar brillaba con las luces, lleno de flores blancas y flores rojas, entre los adornos brillantes de oro...

Hoy he acompañado a la madre y a las dos hijas a misa mayor. Con el traje negro y la mantilla, Dolores estaba guapísima. Pasamos al ir a la iglesia por un grupo en donde se encontraba Pascual Nebot entre sus amigos. Pascual me miró con rabia; Dolores no quiso apartar sus ojos de los míos.

Terminó la misa, y al volver de la iglesia a casa estaba lloviendo. En el terrado suenan las gruesas gotas de agua al chocar en las hojas de las hortensias y dejan en el suelo manchas grandes y redondas, que al evaporarse el agua en los ladrillos caldeados desaparecen en seguida. Cantan los gallos hoy más que otros días. Sobre el fondo negro de la torrecilla del convento se ve correr en líneas tenues y brillantes el agua que cae. El cielo está gris, con una reverberación luminosa, tan grande, que no se le puede mirar sin que ofenda los ojos.

Dolores, después de mudarse de traje, ha entrado en el terradito y traído las plantas que están en la sala para que les dé el agua. Ha venido una visita y con ella está la madre de Dolores, charlando en el comedor.

—Oye, Dolores —le he dicho yo.

—¿Qué?

—Te tengo que hablar.

—Habla todo lo que quieras.

—Oye.

—¿Qué?

—Te estás mojando.

—No es nada.

—¿Sabes que estás muy guapa hoy?

—¿Sí...?

Y me ha mirado con sus ojos negros tan brillantes, que me han dado ganas de estrujarla entre mis brazos.

—Oye.

—¿Qué?

—¿Es verdad que Pascual Nebot te pretende?

—¿Y a ti qué te importa?

—¡Que no me importa! Tú contéstame. ¿Es verdad o no?

—¿Pero a ti qué te importa, hombre?

—No, tú no me contestas —le he dicho yo tontamente.

—Claro que no te contesto. ¿Por qué te voy a contestar?

—¿Es que tú no sabes que yo también...?

—¿Qué?

—Nada..., que yo también te quiero.

—¿Crees que no lo sabía? —ha exclamado ella, mirándome a los ojos y poniéndose de súbito ruborizada.

—Entonces, dime —y me he acercado a ella—. Deja ese rosal en paz. ¿Por quién te decides, por él o por mí?

—Por ninguno.

—No es verdad. Te decides por mí. Dolores, mírame, que vea yo tus ojos. ¿No ves en los míos que yo te quiero? ¿Di? ¿Quieres que seamos novios?

Ella ha murmurado algo con voz débil, muy baja. Yo he sentido que mis labios se encontraban con sus mejillas, que estaban ardiendo. Inmediatamente se ha desasido de mis brazos; pero yo he tomado sus manos entre las mías.

—¡Que viene mamá! —ha dicho.

—No, no viene.

—Bueno, pues suéltame.

—No quiero. Tengo hambre de ti.

—Mira. Estás rompiendo esta mata de claveles. ¡Oh, qué lástima!

He vuelto la cabeza para atrás, y, mientrastanto, ella se ha escapado riendo.

Como no quiero que Pascual Nebot se me adelante, he decidido hablar a la madre de Dolores.

La buena señora es joven, guapa y gruesa como una bola. Parece que está hecha de mantequilla. Cuando la he hablado de mi propósito de casarme con Dolores, ha quedado asombrada. Sin consultar a su marido, ella no se decide; por su parte, le parece bien, aunque teme que yo sea un hombre in-

formal. Cree que soy un Tenorio que abandono a
las mujeres después de seducirlas; yo me he defendido de tal suposición cómicamente, demostrando
que ni lo soy ni lo he sido, aunque en otras ocasiones, no por falta de ganas. En este momento en que
peroraba ha entrado Dolores. Ha habido explicación
entre los tres.

Ahora estoy pendiente del fallo de mi tío, que dirá
probablemente alguna gansada.

Según me ha dicho Dolores, al comunicarle mi
petición ha refunfuñado de mal humor.

LIV

Pascual Nebot ha averiguado, no sé cómo, la vida
que yo hice en Madrid, que tuve algunos líos, y,
además, ha dicho, y esto probablemente es inven-
ción suya, que he estado para profesar en un convento; por el pueblo me llama el *frare*.

Me parece que Nebot y yo vamos a concluír mal;
yo no le provocaré; pero el día que observe en él la
señal más insignificante de burla, me echo sobre él
como un lobo.

Alguna amiga ha tenido la piadosa idea de con-
tarle a Dolores las invenciones de Nebot, y he en-
contrado a mi novia adusta y de malhumor. Yo me
preguntaba: ¿qué le pasará?

Teníamos que ir a un huerto de la abuela de Do-

lores. Salíamos a las tres o tres y media de casa. Por
delante íbamos: Dolores, Blanca, una amiga de las
dos hermanas y yo, acompañándolas; detrás, mi fu-
tura suegra, la madre de la amiguita y mi tío.

Dolores, esquivando mi conversación y alejándose
intencionadamente de mi lado. Llegamos a la casa
de la abuela por un camino que cruza por entre na-
ranjales llenos de azahar, que todavía tienen naran-
jas rojizas. Dolores echa a correr, y las otras dos hacen lo mismo.

—Nada, me persigue la mala suerte —murmuro,
y me pongo a contemplar la casa filosóficamente.
Esta es de piso bajo solo, pintada de azul, y se halla
casi al borde de la carretera. En el centro tiene una
puerta que conduce al zaguán, y a los lados, ventanas enrejadas.

El zaguán, que ocupa todo lo ancho de la casa,
termina por la parte de atrás en una hermosa galería, cubierta por un parral por arriba y limitada a lo
largo por una valla, en la que se tejen y entretejen
las enredaderas, las hiedras y las pasionarias, formando un muro verde lleno de flores y de campá-
nulas.

De la galería se baja por una escalera al huerto, y
el camino que de aquí parte concluye en un cenador, un tinglado de maderas y de palitroques sobre
los cuales se sostienen gruesos trozos de un rosal
silvestre lleno de hojas, que derrama un turbión de
sencillísimas flores blancas y amarillentas.

A la entrada del cenador, sobre pedestales de
ladrillo, hay dos estatuas, de Flora y Pomona; en el
centro, debajo de la cortina verde del rosal silvestre,
una mesa rústica y bancos de madera. Nos senta-
mos. Todos hablaban, menos Dolores, que parecía

ensimismada estudiando las figuras de los azulejos de la pared.

—¿Qué representan? —le pregunté yo, para decir algo.

—Es Santo Tomás de Villanueva —contestó Blanca—; está vestido de obispo con un báculo en la mano, y un negro y una negra rezan a su lado.

—El pintor comprendió la grandeza del santo —le dije a Dolores—. El negro y la negra no le llegan ni a la rodilla.

Dolores me miró severamente; habló con su hermana y con la amiga, y las tres, cruzando el jardín, subieron a la galería y desaparecieron. Di un pretexto para salir del cenador, entré en la casa, anduve buscando a Dolores y no la encontré. Volvía a reunirme con mi tío, cuando oí risas arriba; levanté la cabeza: Blanca y la amiga estaban en la azotea.

Subí por una escalerilla de caracol. Dolores, con la actitud que toma cuando se enfada, se apoyaba en un jarrón tosco de barro que tiene el barandado de la azotea, mirando atentamente, con los ojos más tenebrosos que nunca, las avispas que revoloteaban cerca de sus avisperos.

A los lados del huerto, se veían marjales divididos en cuadros por anchas y profundas acequias, en cuyo fondo verdeaba el agua.

Por la carretera, cubierta de polvo, iban pasando, camino del puerto, carros cargados de naranja; alguna canción triste y monótona llegaba hasta nosotros.

Me senté al lado de Dolores.

En un momento que vi muy ocupadas a Blanca y a la amiga en llamar a uno que pasaba por la ca-

rretera y en esconderse después, pregunté a Dolores
la causa de la frialdad y del desdén que me demos-
traba.

Hizo un gesto de impaciencia al oírme, y volvió
la cabeza; al principio no quiso decir nada; después
me reprochó mi falsedad acremente:

—Eres un falso, eres un mentiroso.

—Pero, ¿por qué?

—Tienes una querida en Madrid; lo sé.

—No es verdad.

—Si te han visto con ella.

—Pero, ¿cómo me van a ver, si hace más de medio año que estoy fuera de Madrid?

—No, no me engañas; todas las mentiras que in-
ventes serán inútiles.

Le juré que no era verdad, y apretado, sin saber
qué explicación dar, le dije que había sido un perdido, un vicioso, pero que ya no lo era. Desde que
la había conocido estaba cambiado.

—¿Y por qué no me has dicho eso? —preguntó
Dolores.

—Pero, ¿para qué te lo iba a decir.

—Porque es verdad.

Discutimos este punto largo rato; yo di toda clase
de explicaciones, inventé también algo para disculparme. Dolores es tan ingenua, que no comprende .
la menor hipocresía.

Ya perdonado, le pareció muy raro que yo quisiera retirarme a un monte como un ermitaño, y
cuando le explicaba mis dudas, mis vacilaciones,
mis proyectos místicos, se reía a carcajadas.

A mí mismo la cosa no me parecía seria; pero
cuando le hablé de mis noches tan tristes, de mi alma
torturada por angustias y terrores extraños, de mi

vida con el corazón vacío y el cerebro lleno de locuras...

—¡*Pobret!* —me dijo, con una mezcla de ironía y
maternidad; y no sé por qué entonces me sentí niño
y tuve que bajar la cabeza para que no me viese llorar. Entonces ella, agarrándome de la barba, hizo que
levantara la cara, sentí el gusto salado de las lágrimas en la boca, y, mirándome a los ojos, murmuró:

—Pero qué tonto eres.

Yo besé su mano varias veces con verdadera humildad, hasta que vi que Blanca y la amiga nos miraban en el colmo del asombro.

Dolores estaba azorada y comenzó a hablar y a
hablar tratando de disimular su turbación. Yo la escuchaba como en un sueño.

Anochecía; un anochecer de primavera espléndido. Se veían por todas partes huertos verdes de
naranjos, y en medio se destacaban las casas blancas y las barracas, también blancas, de techo negruzco.

Cerca, un bosquecillo frondoso de altos álamos
se perfilaba delicadamente en el cielo azul obscuro,
recortándose en curvas redondeadas. La llanura se
extendía hacia un lado muda, inmensa, hasta perderse de vista, con algunos pueblecillos lejanos, con
sus erguidas torres envueltas en la niebla; hacia otra
parte limitaba el llano una sierra azulada, cadena
de montañas altas, negruzcas, con pedruscos de formas fantásticas en las cumbres.

Enfrente se extendía el Mediterráneo, cuya masa
azul cortaba el cielo pálido en una línea recta. Bordeando la costa se veía la mancha alargada, obscura y estrecha de un pinar, que parecía algún inmen-
ro reptil dormido sobre el agua.

A espaldas veíase la ciudad. Bajo las nubes fundidas se ocultaba el sol envuelto en rojas incandescencias, como un gran brasero que incendiara el cielo heroico en una hoguera radiante, en la gloria de una apoteosis de luz y de colores. Absortos, contemplábamos el campo, la tarde que pasaba, los rojos resplandores del horizonte. Brillaba el agua con sangriento tono en las acequias de los marjales; el terral venía blando, suave, cargado de olor de azahar; por el camino, entre nubes de polvo, seguían pasando los carros cargados de naranja....

Fué obscureciendo; sonaron a lo lejos las campanadas del *Angelus*, últimos suspiros de la tarde. Hacia poniente quedó en el cielo una gran irradiación luminosa de un color verde, purísimo, de nácar.

El cielo se llenaba lentamente de estrellas; envolvía la tierra en su cúpula azul, obscura, como en manto regio cuajado de diamantes, y a medida que obscurecía, el mar iba tiñéndose de negro.

Sobre las hierbas, sobre las hojas de los árboles, se depositaba el húmedo rocío de la noche; temblaba el agua con brillo plateado en las charcas y en las acequias; el viento, oreado por el aroma del azahar, hacía estremecer con sus ráfagas frescas el follaje de los álamos y producía al agitar las masas tupidas y verdes de los bancales visos extraños y luminosos.

La frescura penetrante de los huertos subía a la azotea; mil murmullos vagos, indefinidos, suspiros de los árboles, resonar lejano de las olas, susurro de las ráfagas de viento en las florestas, repercutían en el campo ya obscuro, y en el recogimiento de la noche armoniosa, alumbrada por la luz eternal de de las estrellas, bajo la augusta y solemne serenidad del cielo y el reposo profundo de los huertos, comenzó a cantar un ruiseñor tímidamente.

Obscureció aún más; en el cielo brotaron nuevas estrellas, en la tierra brillaron gusanos de luz en las enramadas, y la noche se pobló de misterios.

LV

Pascual Nebot no eeja en su empeño; le ha escrito a Dolores; en la carta debe hablar de mí desdeñosamente; en el Casino oí que decían unos amigos de Nebot, al pasar junto a ellos:

—Y si no fuera pariente de la chica, me parece que se ganaba unos palos.

Además de esto, mi tío favorece a Pascual; es correligionario, de influencia en la ciudad...; pero yo no estoy dispuesto a dejarme arrebatar la dicha. He hablado a Dolores y estoy tranquilo. Cuando la he expresado mi temor de que pudieran torcer su voluntad, ha dicho sonriendo:

—No tengas cuidado.

He sabido que, efectivamente, en la carta que Pascual escribió a Dolores hablaba de mí en tono de lástima.

He buscado a Nebot esta tarde en el Casino. Estaba en el billar jugando a carambolas.

Le he advertido que no quiero armar un escándalo; pero que no estoy dispuesto a permitir que nadie se entremeta en mis asuntos. Me ha mirado de arriba a abajo, y al decirle que le enviaría dos amigos, ha vuelto la espalda para jugar una carambola tranquilamente. Los de su cuerda han reído la gracia.

—¿Usted quiere, sin duda, que nos peguemos como dos gañanes?

El ha contestado en valenciano no sé qué; pero algo que debía ser muy despreciativo; yo, en el colmo de la exasperación, me he arrojado sobre él y le he hecho tambalear; él se ha defendido con el taco, dándome un golpe en la cara. Entonces, enfurecido, loco, he cogido yo otro taco por la punta, lo he levantado en el aire y ¡paf! le he dado en mitad de la cabeza.

El hombre ha vacilado, ha cerrado los ojos y ha caído redondo al suelo. Un trozo de taco me ha quedado en la mano. La cosa ha sido rápida, como de sueño.

Unos militares han impedido que me golpearan los amigos de Pascual; me he alojado en la posada, y he escrito a mi tío lo que ha pasado.

Estoy impaciente por las noticias que me traen.

Unos dicen que la herida de Pascual es muy grave, que ha tardado no sé cuánto tiempo en recobrar el sentido; otros aseguran que el médico ha dicho que curará en ocho o nueve días.

Veremos.

LVI

Mi rival está ya curado del garrotazo que le pegué. Por nuestra riña se ha dividido la gente joven del pueblo en dos bandos: nebotistas y ossoristas; los forasteros y los militares están conmigo y me defienden a capa y a espada.

Como estoy dispuesto a tener energía, he ido a casa de mi tío a pedirle la mano de Dolores. Inmediatamente, al verme, ha empezado a recriminarme por mi disputa con Pascual; yo le he enviado a paseo de mala manera. Me ha dicho que Nebot está enfurecido y que me desafiará en cuanto se encuentre bueno.

—Que lo haga; le meteré media vara de hierro en el cuerpo —le he dicho.

Mi tío se ha escandalizado; ha creído que soy un espadachín, y ha hablado de los holgazanes que aprenden la esgrima para insultar y escarnecer impunemente a las personas honradas. Yo le he dicho que era tan honrado como Pascual Nebot y como él, y menos y orgulloso y menos déspota que él, que llamándose republicano y liberal, y otra porción de motes bonitos, tiranizaba a su familia y trataba de violentar la voluntad de Dolores.

—Muy repuplicanos y muy liberales en la calle todos ustedes —concluí diciendo—; pero en casa tan déspotas como los demás, tan intransigentes

como los demás, con la misma sangre de fraile que
los demás.

Y, ¡habrá estupidez humana! El hombre a quien
quizá no hubiera conmovido con un río de lágrimas, se ha picado al oírme; ha llamado a su mujer
y a su hija, y les ha expuesto mis pretensiones. Delante de mí le ha dicho a Dolores los riesgos que corría casándose conmigo.

—Fernando —con retintín nervioso— no es de
nuestra clase: es un aristócrata; está acostumbrado
a una vida de lujos, de vicios, de comodidades. Para
él, convéncete, eres una muchacha tosca, sin maneras elegantes, sin mundo... ¡Piensa lo que haces,
Dolores!

—No, papá; ya lo he pensado —ha dicho ella...

. . . . ,

LVII

Se casaron y fueron a pasar un mes al Collado,
una casa de labor de la familia.

Fernando sentía amplio y fuerte, como la corriente de un río caudaloso y sereno, el deseo de amor,
de su espíritu y de su cuerpo.

Algunas veces, la misma placidez y tranquilidad
de su alma le inducía a analizarse, y al ocurrírsele
que el origen de aquella corriente de su vida y amor
se perdía en la inconsciencia, pensaba que él era

como un surtidor de la Naturaleza que se reflejaba en sí mismo, y Dolores el gran río adonde afluía él. Sí; ella era el gran río de la Naturaleza, poderosa, fuerte; Fernando comprendía entonces, como no había comprendido nunca, la grandeza inmensa de la mujer, y al besar a Dolores, creía que era el mismo Dios el que se lo mandaba; el Dios incierto y doloroso, que hace nacer las semillas y remueve eternamente la materia con estremecimientos de vida.

Llegaba a sentir respeto por Dolores como ante un misterio sagrado; en su alma y en su cuerpo, en su seno y en sus brazos redondos, creía Fernando que había más ciencia de la vida que en todos los libros, y en el corazón cándido y sano de su mujer sentía latir los sentimientos grandes y vagos: Dios, la fe, el sacrificio, todo.

Y llevaban los dos una vida sencillísima. Por las mañanas iban a pasear al monte; ella, ligera, trepaba como un chico por entre los peñascales; él la seguía, y al abrazarla, notaba en sus ropas y en su cuerpo el olor de las hierbas del campo. No era una felicidad la suya sofocante; no era una pasión llena de inquietudes y de zozobras. Se entendían, quizá, porque ne trataron nunca de entenderse.

Fernando sentía un desbordamiento de ternura por todo: por el sol bondadoso que acariciaba con su dulce calor el campo, por los árboles, por la tierra, siempre generosa y siempre fecunda.

A veces iban a algún pueblo cercano a pie y volvían de noche por la carretera iluminada por la luz de las estrellas. Dolores se cogía al brazo de Fernando y cerraba los ojos.

—Tú me llevas —solía decir.

—Pero me guías tú —replicaba él.

—¿Cómo te voy a guiar yo si tengo los ojos cerrados?

—Ahí verás...

Algunas noches se reunían los mozos y mozas del Collado y había reunión y baile. Se efectuaban estas fiestas en el zaguán blanqueado, que tenía dos bancos a ambos lados de la puerta en los que se sentaban chicos y chicas. En la pared, en un clavo, colgaban el candil, que apenas iluminaba la estancia.

Templaba un mozo la guitarra, el otro la bandurria, y, tras algunos escarceos insubstanciales, en los que no se oía mas que el ruido de la púa en las cuerdas de la bandurria, comenzaban una polca. Después de la polca se arrancaban con una jota, que repetían veinte o treinta veces.

Aquel baile brutal, salvaje, que antes disgustaba profundamente a Ossorio, le producía entonces una sensación de vida, de energía, de pujanza. Cuando, a fuerza de pisadas y saltos, se levantaba una nube de polvo, le gustaba ver la silueta gallarda de los bailarines: los brazos en el aire, castañeteando los dedos, los cuerpos inclinados, los ojos mirando al suelo; las caderas de las mujeres, moviéndose y marcándose a través de la tela, incitadoras y robustas. De pronto, la canción salía rompiendo el aire como una bala; la bandurria y la guitarra hacían un compás de espera para que se oyese la voz en todo su poder; los bailarines, trazando un círculo, cambiaban de pareja, y, al iniciarse el rasgueado en la guitarra, comenzaban con más furia el castañeteo de dedos, los saltos, las carreras, los regates, las vueltas y los desplantes, y mozos y mozas, agitándose rabiosamente, frenéticamente, con las mejillas encendidas y los ojos brillantes, en el aire turbio apenas iluminado por el candil de aceite, hacían temblar el pavimento con las pisadas, mientras la voz chillona, sin dejarse vencer por el ruido y la algarabía, se levantaba con más pujanza en el aire.

Era aquel baile una brutalidad que sacaba a flote en el alma los sanos instintos naturales y bárbaros, una emancipación de energía que bastaba para olvidar toda clase de locuras místicas y desfallecientes.

LVIII

Dejaron el Collado. Fernando trató de enseñar a su mujer Madrid y París; Dolores no quiso. Habían de hacer como todos los recién casados del pueblo: ir a Barcelana.

En el fondo temía las veleidades de Fernando.

—Bueno, iremos a Barcelona —dijo Ossorio.

Fueron en un tren correo, completamente solos en el vagón. Salieron a despedirles todos los de la familia.

Comenzó a andar el tren; hacía una noche templada. El cielo estaba cubierto de negros nubarrones; llovía.

Al pasar por una estación dijo Dolores:

—Mira, ahí en un convento de ese pueblo decía Pascual Nebot que tú te querías meter fraile.

—Antes, no me hubiera costado mucho trabajo.

—¿Por qué?

—Porque no te conocía a ti.

Hubo un momento de silencio.

—Mira, mira el mar —dijo Dolores con entusiasmo, asomándose a la ventanilla.

Algunas veces el tren se acercaba tanto a la playa, que se veían a pocos pasos las olas, que avanzaban en masas negras y plomizas, se hinchaban con una línea brillante de espuma, se incorporaban como para mirar algo y desaparecían después en el abismo sin color y sin forma. Era una impresión de vértigo lo que producía el mar, visto a los pies, como una inmensidad negra, confundida con el cielo gris por el intermedio de una ancha faja de bruma y de sombra.

A veces, en aquel manto obscuro brotaba y cabrilleaba un punto blanco y pálido de espuma, como si algún argentado tritón saliese del fondo del mar a contemplar la noche. De la tierra húmeda venía un aire acre con el gusto de marisco.

Salió la luna del seno de una nube, y rieló en las aguas. Como en un plano topográfico se dibujó la línea de la costa, con sus promontorios y sus entradas de mar y sus lenguas de tierra largas y estrechas que parecían negros peces monstruosos dormidos sobre las olas.

A veces la luna vertía por debajo de una nube una luz que dejaba al mar plateado, y entonces se veían sus olas redondas, sombreadas de negro, agitadas en continuo movimiento, en eterna violencia de ir y venir, en un perpetuo cambio de forma. Otras veces, al salir y mostrarse claramente la luna, brillaba en el mar una gran masa blanca, como un disco de metal derretido, movible, que se alargara en

líneas de espuma, en cintas de plata, grecas y mean-
dros luminosos que nacían junto a la orilla y ribe-
teaban la insondable masa de agua salobre.

De pronto penetró el tren en un túnel. A la salida
se vió la noche negra; se había ocultado la luna. El
tren pareció apresurar su marcha.

—Mira, mira —dijo Dolores mostrando un faro
y sobre él, una como polvareda luminosa. El faro
dió la vuelta; iluminó el tren de lleno con una luz
blanca, que se fué enrojeciendo y se hizo roja al
último.

Producía verdadero terror aquella gran pupila
roja brillando sobre un soporte negro e iluminando
con su cono de luz sangrienta el mar y los negruzcos nubarrones del cielo.

LIX

Llegaron a Tarragona y se hospedaron en un ho-
tel que estaba próximo a una iglesia. Los primeros
días pasearon a orillas del mar; el Mediterráneo
azul venía a romper las olas llenas de espuma a sus
pies.

Luego se dedicaron a visitar la ciudad. Fernando
cumplía sus deberes de cicerone con satisfacción in-
fantil; ella le escuchaba aquel día sonriendo melan-
cólicamente. En algunas callejuelas por donde pasaban las mujeres, sentadas en los portales, les mira-

ban con curiosidad, y ellos sonreían como si todo el mundo participase de su dicha.

Entraron en la catedral, y como Dolores se cansara pronto de verla, salieron al claustro.

—Aquí tienes una puerta románica que será del siglo XI o XII.

—¿Sí? —dijo ella sonriendo.

—Mira el claustro qué hermoso es. ¡Qué capiteles más bonitos!

Los contemplaron largo tiempo. Aquí se veían los ratones que han atado en unas andas al gato y lo llevan a enterrar; por debajo de las andas va un ratoncillo, que es el enterrador, con una azada; en el mismo capitel el gato ha roto sus ligaduras y está matando los ratones. En otra parte se veía un demonio comiéndose las colas de unos mostruos; una zorra persiguiendo a un conejo, un lobo a un zorro, y en las ménsulas aparecían demonios barbudos y ridículos.

Fernando y Dolores se sentaron cansados.

Hacia un hermoso día de primavera; llovía, salía el sol.

En el jardín, lleno de arrayanes, piaban los pájaros volando en bandadas desde la copa de un ciprés alto, escueto y negruzco, al brocal de un pozo; de dos limoneros desgajados, con el tronco recubierto de cal, colgaban unos cuantos limones grandes y amarillos.

Había un reposo y un silencio en aquel claustro, lleno de misterio. De vez en cuando, al correr de las nubes, aparecía un trozo de cielo azul, dulce, suave como la caricia de la mujer amada.

Comenzaron a cruzar por el claustro algunos canónigos vestidos de rojo; sonaron las campanas en el aire. Se comenzó a oír la música del órgano, que llegaba blandamente, seguida del rumor de los rezos y de los cánticos. Cesaba el rumor de los rezos, cesaba el rumor de los cánticos, cesaba la música del órgano, y parecía que los pájaros piaban más fuerte y que los gallos cantaban a lo lejos con voz más chillona. Y al momento estos murmullos tornaban a ocultarse entre las voces de la sombría plegaria que los sacerdotes en el coro entonaban al Díos vengador.

Era una réplica que el huerto dirigía a la iglesia y una contestación terrible de la iglesia al huerto.

En el coro, los lamentos del órgano, los salmos de los sacerdotes, lanzaban un formidable anatema de execración y de odio contra la vida; en el huerto, la vida celebraba su plácido triunfo, su eterno triunfo.

El agua caía a intervalos, tibia, sobre las hojas lustrosas y brillantes; por el suelo las lagartijas corrían por las abandonadas sendas del jardín, cubiertas de parásitas hierbecillas silvestres.

Fernando sentía deseos de entrar en la iglesia y de rezar; Dolores estaba muy triste.

—¿Qué te pasa? —le preguntó su marido.

—¡Oh, nada! ¡Soy tan feliz! —y dos lagrimones grandes corrieron por sus mejillas.

Fernando la miró con inquietud. Salieron de la iglesia. En la plaza, el secreto fué comunicado. Dolores tenía la seguridad. Una vida nueva brotaba en su seno; Fernando palideció por la emoción.

Volvieron al Collado. A los seis o siete meses, Dolores dió a luz una niña que murió a las pocas horas. Fernando se sintió entristecido. Al contemplar aquella pobre niña engendrada por él, se acusaba a sí mismo de haberle dado una vida tan miserable y tan corta.

L X

Dos años después, en una alcoba blanca, cerca de la cuna de un niño recién nacido, Fernando Ossorio pensaba. En una cama de madera, grande, que se veía en el fondo del cuarto, Dolores descansaba con los ojos entreabiertos, el cabello en desorden, que caía a los lados de su cara pálida, de rasgos más pronunciados y salientes, mientras erraba una lánguida sonrisa en sus labios.

La abuela del niño, con los anteojos puestos, cosía en silencio, cerca de la ventana, ante una canastilla llena de gorritas y de ropas diminutas.

Por los cristales se veían los campos recién labrados, los árboles desnudos de hojas, el cielo azul pálido.

El día era de final de otoño; los vendimiadores hacía tiempo que habían terminado sus faenas; la casa de labor parecía desierta; el viento soplaba con fuerza; bandadas de cuervos cruzaban graznando por el aire.

Fernando miraba a su mujer, a su hijo; de vez en cuando tendía la mirada por aquellas heredades suyas recién sembradas unas, otras en donde ardían montones ·de rastrojos y de hojas secas, y pensaba.

Recordaba su vida, la indignación que le ocasionó la càrta irónica de Laura, en la cual le felicitaba por su cambio de existencia; sus deseos y veleidades por volver a la corte, lentamente la costumbre adquirida de vivir en el campo, el amor a la tierra, la aparición enérgica del deseo de poseer y poco a poco la reintegración vigorosa de todos los instintos, naturales, salvajes.

Y como coronando su fortaleza, el niño aquel sonrosado, fuerte, que dormía en la cuna con los ojos cerrados y los puños también cerrados, como un pequeño luchador que se aprestaba para la pelea.

Estaba robustamente constituído; así había dicho su abuelo el médico; así debía ser, pensaba Fernando. El estaba purificado por el trabajo y la vida del campo. Entonces más que nunca sentía una ternura que se desbordaba en su pecho por Dolores, a quien debía su salud y la prolongación de su vida en la de su hijo.

Y pensaba que había de tener cuidado con él, apartándole de ideas perturbadoras, tétricas, de arte y de religión.

El ya no podía arrojar de su alma por completo aquella tendencia mística por lo desconocido, y lo sobrenatural, ni aquel culto y atracción por la belleza de la forma; pero esperaba sentirse fuerte y abandonarlas en su hijo.

El le dejaría vivir en el seno de la Naturaleza; él le dejaría saborear el jugo del placer y de la fuerza en la ubre repleta de la vida, la vida que para su hijo no tendría misterios dolorosos, sino serenidades inefables.

El le alejaría del pedante pedagogo aniquilador
de los buenos instintos; le apartaría de ser un átomo
de la masa triste, de la masa de eunucos de nuestros
miserables días.

El dejaría a su hijo libre con sus instintos: si era
león, no le arrancaría las uñas; si era águila, no le
cortaría las alas. Que fueran sus pasiones impetuo-
sas, como el huracán que levanta montañas de arena
en el desierto, libres como los leones y las panteras
en las selvas vírgenes; y si la naturaleza había creado en su hijo un monstruo, si aquella masa aun in-
forme era una fiera humana, que lo fuese abierta-
mente, francamente, y por encima de la ley entrase
a saco en la vida, con el gesto gallardo del antiguo
jefe de una devastadora horda.

No; no le torturaría a su hijo con estudios inútiles, con ideas tristes; no le enseñaría símbolo misterioso de religión alguna.

.   .   .   .
.   .   .   .

Y mientras Fernando pensaba, la madre de Dolores cosía en la faja que habían de poner al niño una
hoja doblada del Evangelio.

FIN